Narratori

ELVIRA SERRA

Le voci di Via del Silenzio

SOLFERINO

I protagonisti di questa storia sono frutto della fantasia dell'Autrice. I fatti di cronaca e i luoghi raccontati sono utilizzati soltanto ai fini della narrazione.

SOLFERINO

www.solferinolibri.it

ISBN 978-88-282-1690-2
Prima edizione: aprile 2025

Le voci di Via del Silenzio

Alla mia famiglia milanese
del «Corriere della Sera»,
e a Fabio, che ne farà parte per sempre

The first time ever I saw your face
I thought the sun rose in your eyes
And the moon and the stars were the gifts you gave
To the dark and the endless skies, my love
To the dark and the endless skies.

ROBERTA FLACK, *The First Time Ever I Saw Your Face*

... e gli darò una pietruzza bianca, e sulla pietruzza sta scritto un nuovo nome che nessuno conosce, se non colui che lo riceve.

Apocalisse 2, 17

L'incontro

Quando le agganciò il microfono al colletto, a Luca tremò appena la mano. Se lei se ne accorse, non lo diede a vedere. Piuttosto, ne osservava i gesti esperti, la disinvoltura con la quale aveva apparecchiato il tavolino in legno massello con il registratore digitale, il taccuino nero, la penna costosa.

«Posso chiudere la portafinestra? Non vorrei che qualche rumore si sovrapponesse» le chiese, già in piedi. Si affacciò per un momento al balcone, prima di accostare le ante. La luce entrava piena da un unico lato, un'onda bianca che si infrangeva sulla parete opposta. Il lago era piatto, ma l'eco trascinata dalla brezza tradiva il movimento dell'acqua.

Anche l'abbazia si sarebbe detta disabitata, ai turisti che percorrevano la via del Silenzio soffocando gli schiamazzi, non fosse che il verde brillante dei rampicanti e dei giardini oltre il muro di cinta rivelava la cura di mani esperte. Le scale che portavano alla cappella erano linde, un filare di ulivi univa le due rampe. Si saliva passando da un cancello altissimo che era sempre chiuso, per farlo aprire bisognava suonare il citofono, accanto a un portone di legno. I gelsomini rivestivano due passerelle sopraelevate e attraverso le foglie si intuiva appena lo scalpiccio delle monache, richiamate in chiesa per le preghiere al trillare di una campanella.

«È la prima volta che viene qua?» gli domandò la badessa, seguendolo con lo sguardo. Sulle pareti color cipria, tre papi e il vescovo di Novara osservavano la scena dalle cornici in tinta.

«Qui sì, è la prima volta. Ma ero già stato a Villa Crespi per intervistare Cannavacciuolo» rispose. Non aggiunse di essere stato anche a Borgomanero. Ai tempi era solo un bambino.

«Vista da lontano l'isola è molto suggestiva. Sembra uscita da una favola dei fratelli Grimm» disse invece.

Lei sorrise di quell'immagine infantile, non si era mai sentita dentro una fiaba. Certo, qualcuno avrebbe potuto dire che viveva fuori dal mondo. Vai a spiegare che da nessuna parte si era mai sentita così vicina agli altri.

«Circondata dalla nebbia fa un po' quell'effetto...» si giustificò Luca.

«Sì, può essere. È un punto di vista interessante» replicò madre Maria Benedetta, toccandosi la croce che le pendeva sul petto, Cristo con Maria ai piedi e una scritta in bassorilievo: ECCE MATER TUA.

«È una reliquia di madre Maria Teodora, la nostra fondatrice» gli spiegò, notando che aveva osservato il gesto.

Era incuriosita dai modi affettati di quel giovane giornalista. Quando gli aveva dato il benvenuto, a metà mattina, l'avevano colpita la magrezza e il fare timido, in contrasto con la tenacia con la quale l'aveva convinta, in sei mesi, a registrare un podcast per raccontare i risvolti della vita monastica. Una mail dopo l'altra – sei in tutto, puntuali, seguite da altrettanti rifiuti – aveva continuato a ripeterle quanto fosse «prezioso» raccontare ai giovani il senso della clausura e quanto fosse «importante» soprattutto per lui, che della sua generazione si sentiva «interprete privilegiato».

Dove fosse il privilegio, se nel mestiere, nell'opportunità di svolgerlo, nello scranno dal quale osservava gli altri o nel censo di appartenenza, non lo aveva specificato, lo aveva dato per scontato. Perché lui era Luca Martinelli, l'*enfant prodige* del giornalismo radiofonico, uno per tutti, tutti per uno, come il claim con cui salutava gli ascoltatori quando chiudeva il suo programma, neanche fosse un moschettiere dell'etere.

«Perché vuole parlarne proprio con me?» gli aveva scritto alla fine la monaca, cedendo a quella raffica di petizioni infiocchettate ogni volta con maggior sentimento. Conosceva già la risposta, s'intende. Ma voleva vedere fin dove si sarebbe spinto lui pur di raggiungere il suo obiettivo: un mezzo scoop, una storia a effetto, un articolo da tanti clic del genere vorrei ma non posso, che rimette in pace quanti almeno una volta hanno pensato di fare una scelta altrettanto radicale, senza averne il coraggio. La convinse la schiettezza.

«Scartabellando su Internet ho trovato l'intervista che aveva rilasciato al "Corriere della Sera" nel 2005. Penso sinceramente che la sua testimonianza possa essere più incisiva di altre.»

La frase l'aveva fatta arrendere e aveva accettato di incontrarlo. Alle consorelle, con le quali condivideva decisioni come quella di concedere interviste, aveva spiegato che c'era bisogno di avvicinare i giovani all'istituto monastico, di raggiungerli usando lo stesso linguaggio, con mezzi di comunicazione più adatti alla loro età.

Così eccoli, sotto gli occhi di papa Francesco, Benedetto XVI, Giovanni Paolo II e monsignor Franco Giulio Brambilla, nella sala adiacente al refettorio dell'abbazia Mater Ecclesiae sull'Isola di San Giulio, a un'ora d'auto da Milano prima di prendere il battello.

«È cominciato tutto da una foto a un rider, giusto?» non riuscì a trattenersi la badessa.

Le domande spiazzanti erano la specialità della casa, condite con lampi negli occhi e un sorriso appeso sulle labbra. Si godette la sorpresa, consapevole di avergli sparigliato le carte a tradimento. Anche lei aveva fatto i compiti e si era documentata sul suo conto.

«Sì, sei anni fa. Ha trovato il pezzo online?»

«Internet lo abbiamo pure noi. E poi qualcosa su di lei l'ho dovuta cercare: i giornalisti non entrano qui tanto facilmente.»

Luca sollevò un sopracciglio. Lei fece finta di nulla.

«E allora, mi racconti: perché quel rider la colpì così tanto?»

«Beh, intanto perché diluviava e lui si stava inzuppando. Non smetteva da ore, il Seveso era già esondato. Dalla finestra guardavo l'acqua scrosciante, illuminata dai lampi. Riconobbi dal colore del portapacchi il take away del mio quartiere. Ebbi la prontezza di fare uno scatto con il telefonino e poi di getto scrissi un post su Facebook per denunciare l'indifferenza di chi non aveva voluto rinunciare a farsi consegnare la cena a domicilio nonostante quel tempaccio. In poco tempo il mio commento diventò virale, una giornalista se ne accorse e mi contattò. Io l'aiutai a rintracciare il ragazzo che pedalava ed è così che ho ottenuto la mia prima firma su un quotidiano nazionale. Cioè, firmò lei e scrisse in coda che avevo collaborato. Ma pure nella didascalia evidenziarono il mio credit fotografico. Avevo appena compiuto diciott'anni.»

Non le disse, però, che il suo era un destino segnato. Fin da bambino. Da quando di anni ne aveva sei, era la primavera del 2006, e si trovava a Roma in vacanza con i genitori, sua sorella Susanna era rimasta a Milano per preparare i primi esami all'università.

Erano arrivati quasi davanti a Palazzo Chigi, lui aveva visto un capannello di operatori con le telecamere e si era sfilato dalla mano della mamma per andar loro incontro. «A piccole', che te sei perso?» gli avevano chiesto quelli trovandoselo tra i piedi. «Ma stai da solo?» si era fatto avanti un tale con il gilet grigio sopra la camicia verde. La madre li aveva raggiunti di corsa. «Scusatelo, quando vede confusione deve infilarsi per forza.» «Buon segno, da grande farà il giornalista» li aveva salutati il cameraman, prima di allontanarsi verso la ministra Stefania Prestigiacomo che stava arrivando in quel momento.

Erano passati diciassette anni, Luca adesso ne aveva quasi ventiquattro e lavorava per l'emittente radiofonica più seguita del paese. Tutti i giorni accompagnava gli ascoltatori fuori dal letto dalle 6 alle 9 del mattino con il programma *Buongiorno Italia*. Sveglia prima dell'alba, in pigiama presto la sera. Vita monacale anche per lui, a suo modo.

La badessa gettò lo sguardo sul piccolo orologio da polso. «Abbiamo solo un'ora prima di nona» gli ricordò. E notando la sua esitazione, aggiunse: «La preghiera delle tre meno un quarto».

«Sì, certo» replicò lui in fretta. «Ora provi a dire qualcosa, così sento se l'audio va bene.»

«Comunque, non tutti avrebbero sentito l'urgenza di commentare la scena sui social, come ha fatto lei. È stato bravo» chiuse la parentesi.

«Grazie» sussurrò Luca, abbassando gli occhi, un lieve rossore sulle guance. Poi aggiustò le cuffie e si sistemò sulla poltrona di fronte. Li separavano un tavolino ovale e consapevolezze diverse.

«Sono felice della sua visita. E spero che questa chiacchierata soddisfi le sue aspettative.»

Gli sorrise incoraggiante.

Lui sollevò il pollice destro. Ora erano pronti.

Giulia

La grande opportunità della mia carriera me la diede l'attentato al papa. Curioso, vero? Avevo ventidue anni e da tre mi dividevo tra l'università, scienze politiche, e la redazione di «Avvenire», dove avevo cominciato a scrivere grazie a mio zio, vescovo a Piacenza, che era stato in seminario con il fratello del direttore.

Ero un jolly. Mi occupavo di qualsiasi cosa, dai raduni dell'Azione cattolica ai casi di cronaca. Frequentavo parrocchie e caserme, facevo i giri di nera in commissariato accanto ai colleghi veterani e mi ero conquistata la loro fiducia fino a sostituirli il sabato o la domenica mattina, quando cominciavano più tardi per pranzare con la famiglia.

Chi andava in questura faceva il trombettiere: doveva avvisare gli altri se succedeva qualcosa di grosso. Ero lì con il nerista più anziano quando uccisero Walter Tobagi, freddato con due colpi davanti alla trattoria Dai gemelli, alle undici e un quarto del mattino. Ricordo le lacrime dei colleghi, il loro sgomento, la tensione, neanche due ore dopo, quando arrivò la rivendicazione della Brigata XXVIII Marzo alla redazione della «Repubblica». E ricordo bene ancora oggi, non lo potrò mai dimenticare, quel che scrissero i colleghi del «Corriere d'Informazione» lo stesso pomeriggio in edicola: «Questa è una cronaca che scriviamo piangendo.» Sarebbe capitato anche a me, molte volte, di scrivere piangendo. Ma lo avrei scoperto più avanti, un servizio dopo l'altro, quando le lacrime sarebbero cadute senza chiedere il permesso, bagnando i miei appunti sul taccuino mentre soffocavo la voglia di abbracciare l'uomo o la donna che si spogliavano del loro dolore dopo un lutto, un incidente, un terremoto, un'alluvione, un'ingiustizia tra le mille che avrei raccontato.

Dell'omicidio di Walter Tobagi, un fatto di cronaca che aveva colpito così da vicino, così duramente, l'intera categoria dei giornalisti, mi rimasero impressi i dettagli più privati e umani. Come quando il padre del nostro collega, accanto al cadavere caldo del figlio, disse: «Ti abbiamo insegnato soltanto ad amare». Era il 28 maggio del 1980 e io ero una collaboratrice volenterosa e piena di sogni. Uno, più grande di tutti: fare la giornalista.

Però sto divagando, ero partita dall'attentato al papa, dalla grande opportunità della mia carriera. Ma i ricordi si rincorrono e non c'è molto tempo.

Quella volta ero andata a Roma per conto mio, non per il giornale. Stavo accompagnando come volontaria due scolaresche piacentine. Era una gita organizzata dalla scuola e da una maestra illuminata, che non si era fermata ai programmi ministeriali, ma li aveva fatti uscire dalla carta e dall'inchiostro, rendendoli materia viva. Quel viaggio prevedeva una visita ai monumenti iconici della capitale e la partecipazione all'udienza generale di papa Wojtyła.

Mio zio mi aveva proposto di dare supporto ai ragazzi dell'Azione cattolica che partivano con gli alunni, per fare vigilanza. Non ero mai stata a Roma e dissi subito di sì, ingolosita dalla prospettiva di riuscire a visitare nello stesso giorno il Colosseo e la Bocca della Verità, che consideravo i luoghi simbolo della città.

È dunque un caso che mi sia trovata in piazza San Pietro alle 17.19 del 13 maggio 1981, quando sentimmo esplodere tre colpi, vedemmo le colombe volare sulle nostre teste e Giovanni Paolo II accasciarsi sulla giardinetta bianca.

Ho ancora davanti agli occhi le persone che vomitavano sui sampietrini, le grida, i pianti, la fuga dei pellegrini che quel mercoledì di primavera si erano dati appuntamento da ogni parte d'Italia e del mondo per salutare il pontefice.

Noi cercammo di tenere calmi i bambini e li portammo fuori dal colonnato verso piazza Risorgimento, dove ci aspettava il pullman. Non fu facile, erano spaventati. Solo quando ci sentimmo al sicuro, mi misi a correre per cercare un telefono a gettoni: volevo avvisare la redazione per rendermi utile, magari raccogliendo testimonianze sul posto.

Avevo il cuore in gola. È una frase fatta, lo so, ma rende bene l'idea di quei momenti e del mio stato d'animo.

Mi guardavo intorno spaesata, non stavo neanche attenta a dove mettevo i piedi. E infatti un marsupio abbandonato a terra entrò nel mio campo visivo troppo tardi; persi l'equilibrio e volai lunga fino a terra.

È così che ho incontrato Renzo.

«Stai bene, ti sei fatta male?» chiese porgendomi il braccio. Avevo messo le mani avanti, istintivamente, e ora cominciavano a sanguinare. Con il fazzoletto di stoffa che mi aveva offerto tamponai il rosso. Gli domandai se avesse visto una cabina telefonica nei paraggi. Me la indicò con il mento, era a un centinaio di metri da noi. Si presentò, lo feci anch'io: «Sono Giulia». Si assicurò con un'occhiata che stessi bene e si allontanò con la reflex al collo. Era un fotoreporter, ma non ebbi il tempo di chiedergli per chi lavorasse. Si era rimesso a correre pure lui.

Quando chiamai a Milano mi rispose Fiorani, il caporedattore. Mi fece mille raccomandazioni, ma era contento che lo avessi avvertito. «Brava Giulietta, brava. Però stai attenta. Ora vai in giro e raccogli commenti a caldo. Mi raccomando: fatti dare nome e cognome, età, provenienza e professione. Ma questo lo sai già. Forza, ragazza, ci sentiamo dopo!»

Quella notte dormii a Roma in un tre stelle vicino al Vaticano. Non riuscii a visitare il Colosseo e la Bocca della Verità, ma la copertura del servizio mi procurò l'agognato contratto di praticantato. Due anni dopo mi assunsero.

L’intervista

«Madre Maria Benedetta, come possiamo spiegare il senso della vita monastica oggi, in un mondo iperconnesso come il nostro, logorato dal consumismo, dalla corsa all’avere più che all’essere?»

Luca si era schiarito due volte la voce prima di cominciare, quasi a darsi un contegno, o a prendere coraggio. Dimostrava meno della sua età. Il completo di lino beige, con la camicia bianca della stessa stoffa, fin troppo elegante per una visita a un monastero di clausura, lo faceva sembrare come certi signorotti di un’altra epoca. I mocassini di marca in camoscio marrone, con i gommini sulla suola, lasciavano intuire l’agio della sua vita borghese, in linea con le dita lunghe e curate, la pelle liscia di chi non ha mai avvitato un bullone.

Nella borsa con cui era partito da Milano poche ore prima aveva infilato due cambi altrettanto pretenziosi e inadatti alle circostanze, nell’abbazia nessuno badava a come eri vestito. Li aveva stesi sul letto, riappesi all'armadio e ritirati fuori almeno tre volte, prima di decidersi su quali portare, neanche dovesse prepararsi all'incontro della vita. O forse pensava che lo fosse.

Era teso, mentre riempiva lo zaino in pelle nera con l'armamentario da inviato: due taccuini Moleskine, la Montblanc a sfera che gli aveva regalato la sorella magistrato per la maturità, l'iPad, il MacBook, il registratore digitale con i microfoni e le cuffie.

La sera prima aveva cenato a casa dei genitori, nell'appartamento in zona San Siro dal quale aveva ascoltato i primi concerti seduto sul terrazzino. Il calcio, invece, non lo aveva mai conquistato, lui amava il basket. Conservava come una reliquia la maglia numero 70 che Gigi Datome gli aveva firmato con dedica quando era stato ospite in studio due mesi prima, dopo l'ultimo scudetto vinto con l'Olimpia Milano e l'annuncio del ritiro dal parquet.

«Ho sentito che la prossima settimana non fai il programma» aveva osservato il padre servendosi un'altra porzione di melanzane alla parmigiana sul tavolo della cucina; ormai la madre apparecchiava nel tinello soltanto quando c'era pure Susanna.

«Dobbiamo smaltire le ferie» gli aveva risposto rigirando la forchetta nel piatto. Voleva chiudere in fretta.

«Vai da qualche parte?» aveva insistito Piero.

«Sì, ma resto vicino. Sto lavorando a un podcast.»

«Come sei misterioso» era intervenuta Valeria, provando a scaldare la conversazione. Il figlio negli ultimi mesi era diventato più silenzioso, sfuggente. Lo attribuiva al lavoro, ai ritmi di quel successo arrivato così presto, assieme alla decisione di andare a vivere da solo.

«Tua madre ha preparato il tuo piatto preferito, non puoi lasciarlo» lo aveva rimbeccato il padre, dopo un'occhiata veloce alla moglie.

«Sono solo un po' stanco. Avrei preferito riposarmi. Ho già firmato il contratto, ve l'avevo detto. Sono indietro e bisogna che inizi a lavorare, l'editore comincia a starmi addosso.»

«Stai bruciando tutte le tappe. Ricordati che sei un ragazzo e dovresti fare le cose che fanno quelli della tua età.»

«Sì papà, me lo dici sempre.»

«Tu però non mi ascolti mai.»

«E dai, adesso non rimettetevi a discutere» aveva detto la madre in tono allegro, per stemperare. Le sembravano lontanissimi i tempi in cui padre e figlio si confrontavano, Luca chiedeva un parere o un consiglio e si spostavano a parlare sul divano, dopo aver sparecchiato e averla aiutata in cucina. Adesso ogni pasto si concludeva con una discussione. Avrebbe potuto dire che era stato il Covid ad allontanarli, quantomeno perché in quei mesi c'era stata la separazione forzata, con il trasloco alla vigilia del lockdown. Ma non sarebbe stata una risposta onesta.

«Io dico solo che prescriverei una vacanza a tutti i pazienti che considerano importante il proprio lavoro. E non lo dico perché sono un medico» stava continuando Piero.

«Un veterinario» aveva puntualizzato Luca in tono più aspro di quanto intendesse, ma era tardi per rimangiarselo.

Il padre aveva finto di non cogliere la sfumatura acida e aveva proseguito: «Lo diceva prima di me Bertrand Russell».

«Piero, basta, tu e le tue citazioni. È normale che Luca voglia investire nella carriera. È partito così bene. Ora lascialo finire di mangiare tranquillo.»

«In realtà ho finito, mamma. Voglio tornare subito a casa, domani parto presto.»

Li aveva lasciati così, un bacio rapido a lei, un ciao pa' a lui, neanche si era affacciato a dare un'occhiata alla sua vecchia stanza; dal giorno del trasloco ci era entrato forse cinque volte in tutto.

Il ricordo della conversazione era sbiadito in macchina, mentre un'ansia sottile aveva cominciato a martellargli la bocca dello stomaco, un vento impercettibile e insistente al quale si era rassegnato, più che abituato, nonostante lo assalisse senza preavviso.

Lo stesso malessere che gli stava soffiando sulla gola adesso, davanti alla badessa seduta a poco più di un metro da lui, inaccessibile nella sua tonaca pece, gli occhi scuri, in contrasto con il sorriso bianchissimo, come il soggolo candido che le incorniciava il volto sotto il velo nero.

«Non è facile dire in poche parole in che cosa consista il carisma della vita monastica. Tra tutte le vocazioni è forse la meno compresa proprio perché è la più nascosta e, apparentemente, la meno utile» cominciò madre Maria Benedetta, mentre i pensieri di Luca già si accendevano, innescati dall'ultimo aggettivo.

Dove fosse l'utilità, era una domanda che gli faceva ribollire il sangue. Non aveva nessun senso, per lui, trascorrere le giornate a pregare anziché aiutare concretamente con i gesti, con le azioni, con la fatica quotidiana. Quanto egoismo ci voleva per mollare tutto e rinchiudersi in una fortezza? Pensava che le suore missionarie un senso l'avessero: andavano sul campo, si spendevano in prima persona, talvolta anche a costo della vita. Lo stesso valeva per quelle che facevano le infermiere, che entravano in carcere, che distribuivano pasti ai poveri o gestivano le scuole.

Ma a chi era utile nascondersi dietro una grata di ferro o di legno, svegliarsi, pregare, mangiare, dormire, mentre là fuori il mondo bruciava, splendeva, soffriva, sognava?

Se lo tenne per sé, ma tanto la monaca non sembrava accorgersi dei suoi pensieri foschi e continuava a parlare, animandosi sempre di più.

«La vita monastica nasce dal desiderio di prendere alla lettera la parola di Gesù, nel dimostrare con i fatti che non c'è amore più grande di quello che spinge a dare la vita per gli altri. Se uno la valuta dal punto di vista individualistico ed efficientistico, non può che trovarla assurda» aveva appena finito di dire madre Maria Benedetta, accolta dalla faccia di sale di Luca, che subito dopo se ne uscì con una richiesta fin troppo diretta.

«Ma lei ha sempre voluto fare questo?»

La monaca esplose in una risata che lo spiazzò, replicando con una domanda che lo mise a disagio per la seconda volta da quando era arrivato.

«E lei ha sempre voluto fare il giornalista?»

Esitò, preso in contropiede. Gli sudavano le mani, eppure la stanza era fresca.

«Penso di sì. Sì, almeno da che mi ricordi.»

«Ecco, anche il mestiere che uno fa può rispondere a una vocazione. Ma la mia vocazione è qualcosa di diverso, di più intimo e profondo.»

Stava cercando le parole giuste, perché gli arrivasse con chiarezza il messaggio che voleva trasmettere.

«È un salto nel buio. Non è un mestiere che ho scelto, o che a un certo punto ho deciso di cambiare, visto che prima ne facevo un altro. Per me è arrivata quella che definiamo la chiamata. Ho capito che ero destinata a questo. Ho sentito che nel cuore di Gesù avrei trovato la mia casa, che nessun altro luogo al mondo mi avrebbe garantito la stessa pace, la stessa pienezza, quella gioia inconfondibile e irrinunciabile di sentirmi risplendere dentro.»

Luca adesso non l'ascoltava più, incagliato nel loop delle proprie critiche. Cercò nella tasca il fazzoletto e lo strinse fino a sentire le unghie nella carne.

«Dalla prima volta che sono arrivata sull'isola con un barchino, come lei, per me è stato come tuffarmi alla fonte dell'amore di Cristo. Un amore mai sterile, tutt'altro. Lo sento ancora adesso espandersi, allargarsi oltre i confini geografici, raggiungere persone lontanissime da me che immediatamente diventano vicine grazie alle orazioni. È un amore che rinnovo ogni giorno proprio attraverso la preghiera, il lavoro e l'obbedienza alla Regola dettata da san Benedetto da Norcia nel 534. Sono le nostre "linee guida"» aggiunse storcendo le ultime parole, per catturare la sua attenzione. «Valgono per tutte noi.»

Ma Luca non era un bravo pokerista e la sua faccia tradiva la distrazione, perso com'era in pensieri terrestri, lontani dall'Eden spirituale dove gli pareva alloggiasse la badessa.

Nella stanza quadrata calò il silenzio.

«Mi perdoni, cos'ha detto?» dovette domandarle quando si accorse che lo stava guardando con aria interrogativa. Sentiva una tempia pulsare.

«Stavo parlando delle regole che ci diamo, anzi, che ci ha dato san Benedetto. Si sente bene?»

Il fazzoletto in tasca era ridotto a brandelli, con l'altra mano si massaggiò l'angolo della fronte. Guardò la monaca disorientato, diviso tra la rabbia per la sua défaillance e l'angoscia per la perdita del controllo. Non poteva succedergli adesso. Il cuore rimbombava come un gong, allargandosi al centro del petto in vibrazioni sgradevoli.

«Aspetti, le vado a prendere un po' d'acqua» disse madre Maria Benedetta alzandosi in piedi e sgattaiolando verso il refettorio.

Luca chiuse gli occhi, contando i respiri e maledicendo la sua debolezza. La badessa tornò con un bicchiere e una bottiglia fresca da frigo.

«Ho portato anche qualche zolletta di zucchero, magari è un calo di pressione. Con questo tempo può capitare. Gliela verso?»

Luca annuì. Era intorpidito da quelle attenzioni, che però non gli dispiacevano. Bevette con calma.

«Sono mortificato. Non mi succede mai mentre lavoro» si scusò.

«Vuol dire che le è già capitato?» replicò lei, mentre due rughe tagliavano in modo netto le sue sopracciglia.

«Non è niente, è solo stanchezza. Mi dispiace molto.»

«Scherza? È umano, piuttosto. Lei mi dà l'idea di uno che pretende molto da se stesso. Sbaglio?» chiese, questa volta rilassando la fronte.

Lui non rispose.

«Lo facevo anch'io, una vita fa. Bisogna sapersi fermare, volersi bene. E, possibilmente, impararlo prima, non dopo...»

Luca si sentiva debole. Non era andato fin lì per farsi dare lezioni di vita. Cercò di riconcentrarsi, doveva recuperare almeno un po' di dignità professionale.

«Sto meglio, la ringrazio. Riprendiamo?»

Madre Maria Benedetta soppesò il suo pallore.

«Benissimo. Ha visto i nostri lavori?» riprese il filo.

«I vostri lavori?» Ancora una volta sembrò perdersi nelle parole della badessa, quasi gli parlasse in un'altra lingua.

«Ha già dato un'occhiata al nostro sito Internet, vero? Mi pareva di sì. Lavoriamo tutte. Non viviamo solo di preghiera, benché sia il nutrimento più importante.» E sorrise di nuovo in quel modo ironico che Luca non riusciva a decifrare, come se si stesse prendendo gioco di lui o lo volesse mettere alla prova.

«Ah, certo! La pittura delle icone, il restauro dei tessuti antichi, il ricamo» replicò in fretta, come se non avesse aspettato altro che il gancio per portarla a quell'argomento. «Ora le faccio una domanda aperta, così me lo può raccontare lei. Come provvedete a voi stesse?»

La badessa ricominciò a parlare, indugiando con lo sguardo sulla sua faccia smarrita.

Aveva negli occhi una luce che lo disorientava.

Giulia

Quando mi mandarono a Marsiglia per la morte di Elio De Angelis, nel maggio del 1986, lavoravo al «Corriere della Sera» già da un anno. Anche gli altri giornali si erano accorti dei colpi che riusciva a mettere a segno Giulietta Belgioioso, la nipote del vescovo.

Con i colleghi inviati formavamo una tribù. Eravamo dei randagi. Capitava che mi mandassero su un servizio a Pescara e poi arrivasse la telefonata di un vicedirettore: «Già che sei lì, fai un salto a Bologna?». Che non era una domanda, anche se la sintassi era perfetta. Da Bologna mi spedivano a Trieste, e da Trieste a Genova. Quando uscivo di casa non sapevo mai quando sarei rientrata. Avevo un trolley sempre pronto vicino alla porta d'ingresso del mio appartamento di ringhiera in zona Loreto: dentro ci tenevo due cambi puliti, la pochette con il necessario, una confezione di biscotti secchi e una di crackers;

capitava spesso che dovessi saltare il pranzo o la cena e mi portavo le provviste di emergenza.

Nello zainetto mettevo la mia Tippa beige, la macchina per scrivere che il «Corriere» dava in dotazione a tutti i giornalisti assunti. E più che i nastri dell'inchiostro, prima di ogni trasferta mi accertavo di avere una scorta di gettoni del telefono, per dettare i pezzi ai dimafonisti nel caso in cui non fossi riuscita a prendere la linea del numero verde. La mitica Tippa mi ha fatto compagnia per molto tempo, fino a quando, alla fine degli anni Ottanta, non fu sostituita dal Tandy, un computer rudimentale, forse oggi si direbbe un tablet, però molto più ingombrante, sul quale potevi leggere solo cinque righe per volta, non l'intero articolo. Ma aveva un paio di cuffie preziosissime che, collegate alla cornetta del telefono, ti permettevano di trasmettere il pezzo alla redazione. L'incubo di tutti noi era perdere il lavoro prima di riuscire a inviarlo. E se malauguratamente capitava, in quei momenti non si sarebbe detto che ero stata un'attivista del Movimento giovanile missionario: quando mi arrabbiavo gridavo peggio di un camallo al porto di Genova. Il computer portatile, dopo, avrebbe ridotto il margine di errore, ma la paura di perdere il lavoro fatto non mi passò mai.

Della carovana di colleghi alla quale di fatto appartenevo ero la più giovane, e l'unica senza la qualifica da inviata. Giulietta per tutti. All'inizio mi piaceva, il loro vezzeggiativo mi faceva sentire protetta. Non mi rendevo conto del paternalismo che mascherava, oggi si griderebbe al patriarcato. Ma devo riconoscere che con i colleghi più anziani la mia età mi ha sempre risparmiato l'invidia, per loro ero quasi una figlia. La competizione, però, restava comunque, non c'erano esenzioni anagrafiche: in ogni servizio ciascuno correva per sé, per dare un buco agli altri e fare il suo scoop. E non esistevano servizi minori: su ognuno dovevi essere il più bravo. Anche se non sempre ci riuscivi.

La telefonata più temuta era quella del vicedirettore alle 8 del mattino. Dopo la lettura degli altri quotidiani mi chiamava in albergo per dirmi che eravamo andati malissimo oppure, più spesso, lo sentivo gorgogliare: «Brava Giulietta», «Grande Giulietta», la piccola di casa che giocava e vinceva tra i grandi, per gentile concessione di tutta la gerenza.

Non che me ne facessi un cruccio, i miei miti all'epoca erano Ettore Mo, Indro Montanelli, Lucio Lami con i meravigliosi reportage da Kabul, erano i loro racconti che correvo ad acquistare non appena arrivavano in libreria. Ma nessuno si sarebbe sognato di trattare con condiscendenza, ai suoi tempi, una come la Fallaci. «Brava Orianina, bel colpo Orianina!» È un paragone azzardato e fuori misura. Voglio solo spiegare il clima che c'era in redazione e sottolineare che mi ha fregato l'oratorio, lo zio prelato, il mio senso di obbedienza innato, e forse anche di inadeguatezza, il rispetto che ho sempre avuto per le persone più grandi, per i ruoli e le gerarchie. Uno psicologo scomoderebbe la sindrome dell'impostore, che ne sapevamo allora. Colpa mia, non loro. Ripensarci adesso non ha nemmeno più senso.

Ma sto ancora divagando, e volevo raccontare di Marsiglia, dell'incidente di Elio De Angelis nel circuito Paul Ricard a Le Castellet, del volo, dopo la doppia curva della Verrerie, della Brabham sulla quale il pilota romano viaggiava, decollata come un Jumbo a quasi trecento chilometri orari per il distacco di un alettone. Volevo raccontare delle fiamme, dei colleghi che erano corsi a spegnerle, di Prost che con gli altri aveva cercato disperatamente di tirarlo fuori, degli otto minuti che De Angelis aveva trascorso imprigionato nella vettura in fiamme respirando gas tossici, ormai con il corpo spezzato.

Era notte quando arrivai all'ospedale La Timone di Marsiglia, dove il pilota era stato ricoverato in condizioni gravissime. Per un soffio non incrociai il padre, che era stato accolto subito dalla direzione sanitaria in un altro piano.

Non c'era stato il tempo di prenotare una stanza, così mi adattai a dormire nell'atrio dell'ospedale, su un divanetto che definire tale è un po' generoso, tre sedute senza braccioli ricoperte da una stoffa in acrilico. Ma almeno mi ci potevo sdraiare.

Fu lì che incontrai di nuovo Renzo, gli inconfondibili pantaloni multitasche, il gilet da pescatore, la reflex al collo, quell'aria stralunata e l'andatura dinoccolata di chi arriva a festa finita e setaccia tra il cibo avanzato anziché cercare il padrone di casa per salutarlo. Avrei scoperto sul campo che la finta noncuranza con cui affrontava le trasferte era la sua arma segreta. Quella calma apparente gli permetteva di raccogliere informazioni da chiunque. Con la sua indifferenza, come se si trovasse lì per caso, riusciva a farsi aprire porte e portoni, a oltrepassare nastri segnaletici e sigilli chiusi con la ceralacca.

Erano passati cinque anni da quando mi aveva prestato un fazzoletto di stoffa per tamponarmi le ferite sui palmi dopo che ero caduta sull'asfalto romano. Forse lui non si ricordava di me. Per certo io non lo avevo dimenticato.

E invece.

«Che ci fai qui?» mi chiese venendomi incontro. Mi alzai, cercando di non inciampare nella custodia della Tippa, che avevo abbandonato per terra.

«La cabina telefonica è proprio fuori dal pronto soccorso» aveva aggiunto scherzando. L'allusione al giorno in cui ci eravamo conosciuti mi fece avvampare, ma replicai ostentando una sicurezza che ero ben lontana dal provare.

«L'ho già vista, grazie.» Non specificai, però, che non ero ancora riuscita a cambiare le mie lire in franchi,

dunque avevo pochi argomenti per la parte della cronista navigata che tiene tutto sotto controllo.

Fu l'occasione per una presentazione come si deve.

«Mi chiamo Renzo Rossi. Un po' banale, vero? Però ho le stesse iniziali del presidente degli Stati Uniti. Posso scambiarmi le camicie con Ronald Reagan» aveva ironizzato.

Dopo l'attentato al papa aveva vissuto per un lungo periodo in America, lavorando come freelance per alcune testate italiane. Ecco perché non ci eravamo più incrociati su un servizio. In effetti ricordavo una bella inchiesta sui detenuti nel braccio della morte pubblicata da «L'Espresso». Ma allora non avevo fatto caso alla firma del fotografo, e comunque non sarebbe servito collegare il nome al cognome, che ai tempi non conoscevo.

Le rughe di espressione davano profondità al suo viso. Era per certo più grande di me, non avrei mai detto vent'anni, tondi tondi.

Mentre prendeva i tetrapak con il succo di ananas dal suo zaino, ne spiai il profilo. Tutto, nei suoi gesti, mi trasmetteva sicurezza. E anche una strana eccitazione, come alla vigilia di un'avventura inedita e speciale. Quando mi offrì da bere, gli allungai i miei pacchetti di crackers. Le nostre dita si sfiorarono, un'onda tiepida mi avvolse.

Gli raccontai dei miei progressi, dell'assunzione al «Corriere della Sera», della vita da nomade che avevo cominciato a fare.

Mi guardava con occhi profondi, senza perdersi una parola. Non ero mai stata così emozionata accanto a un uomo. Non sentivo la stanchezza, mi tenevano sveglia l'adrenalina e l'agitazione.

Omise, quella sera, che a Brooklyn si era sposato con una funzionaria delle Nazioni Unite, Linda, e che avevano avuto un figlio, Marcus, compromesso americano per rendere omaggio a suo padre Marco. Fu una scoperta che feci in seguito, quando ormai ero già innamorata, e che potei attutire solo con i chilometri che ci separavano.

Il giorno dopo assistemmo insieme allo strazio del ritorno dall'Italia del papà di De Angelis con tre nuovi medici: era andato a prenderli a Roma con l'aereo privato nell'inutile speranza che potessero fare qualcosa. C'erano tutti: la madre, i fratelli, la fidanzata, uno zio e l'amico fraterno Louis Ruzzi. Il bollettino con l'annuncio della morte arrivò alle 17. Un'ora e mezzo dopo il padre disse poche parole. Ricordò che suo figlio voleva essere considerato un professionista e non un privilegiato che aveva potuto correre grazie ai soldi della famiglia. Mi colpì quella volontà di sottolinearne la dignità, e al tempo stesso il pudore del dolore. Cercavo sempre di spostare lo sguardo sull'uomo, su cosa lo rendeva identico agli altri, sui sentimenti che avremmo tutti provato se avessimo indossato gli stessi panni. Ogni personaggio resta una persona. È la lezione che mi sono portata dietro negli anni.

Quando arrivò il momento di correre in albergo a scrivere, con Renzo non dovemmo chiedercelo: venne con me. Ogni tanto, mentre ero alla scrivania per lavorare, lo guardavo con la coda dell'occhio, seduto per terra con le gambe larghe, che estraeva i rullini intonsi da una tasca del gilet nascosta dietro la schiena e sistemava in una sacca di cotone resistente quelli già esposti.

Non ero abituata a condividere un ambiente così privato come la camera d'albergo, figuriamoci con un estraneo. Ma percepire il calore del suo corpo nello spazio breve della mia stanza mi diede una sensazione di compiutezza che mi rinvigoriva.

A mezzanotte uscimmo per cercare una trattoria ancora aperta, ma trovammo solo un chiosco. Ordinammo due panini e due birre.

Mi sembrò la cena più buona del mondo.

Susanna

Oltre lo specchio dell'acqua, il profilo da cartolina del paese ammorbidiva l'orizzonte. I colori pastello delle case gli fecero venire in mente Venezia, città che Luca non aveva mai amato per l'assalto spudorato dei turisti, la fatica a districarsi nelle calli, i costi astronomici di alberghi e ristoranti. Soltanto dopo la prima ondata di Covid l'aveva rivalutata, anche se era brutto a dirsi. Perché tra gli effetti positivi della pandemia, c'era l'aver potuto vedere cose e luoghi con occhi diversi, uno sguardo nuovo, ancora una volta «privilegiato».

Con il tesserino da pubblicista e l'autocertificazione compilata in maniera un po' disinvolta, era riuscito a oltrepassare zone rosse e divieti e a uscire ogni volta che aveva voluto dall'appartamento milanese in affitto dove si era trasferito il 1° marzo 2020, una settimana prima che tutta l'Italia finisse in lockdown, pur senza la scusa di un cane da portare fuori a fare i bisogni.

In quell'atmosfera surreale, nel mese di maggio, aveva visitato Venezia con Manlio, il collega e amico con cui conduceva il programma. Lo avevano deciso il giorno prima, quasi sfidandosi a vicenda.

«Non ne posso più, divento matto» era sbottato Manlio alla fine della puntata, sfilando con rabbia dal microfono il preservativo, un accorgimento rudimentale con il quale si tutelavano da un'eventuale contaminazione con le gocce salivari. Avevano parlato con l'ennesimo esperto, il numero dei morti faceva disperare. Erano stanchi della nuova routine straordinaria alla quale dovevano sottoporsi quotidianamente: il tampone, lo scanner per la temperatura corporea all'ingresso, il gel antibatterico, le mascherine. Manlio, poi, in quelle settimane si era lasciato con la fidanzata: una rottura fredda, a distanza, voluta da lei che con l'isolamento aveva scoperto di non amarlo più. Stavano insieme da cinque anni, lui ne aveva trenta e cominciava a pensare che si sarebbero sposati.

«Domani è venerdì, sabato non andiamo in onda. Dai, facciamo una follia» gli aveva detto Luca per non sentirlo più lamentarsi. «Quando finiamo, prendiamo la macchina e andiamo da qualche parte.»

«Ma dove dormiamo?» aveva obiettato Manlio voltandogli le spalle, già pronto a lasciare lo studio.

«Non dormiamo fuori, andiamo e torniamo in giornata. Decidi tu dove.»

Manlio si era fermato. Era rimasto in silenzio per qualche secondo, poi si era girato verso Luca, che dal sorriso e dallo sguardo acceso aveva capito: aveva scelto la destinazione.

Erano partiti per Venezia portandosi dietro qualche confezione di junk food presa alla macchinetta del caffè, con l'entusiasmo di chi va in gita scolastica senza gli insegnanti. Avevano viaggiato con la paura di essere fermati dalla polizia, ma il foglio di carta intestata della radio lo avevano dovuto esibire soltanto una volta, prima di salire sul vaporetto. Piazza San Marco, spettrale e magnifica, era valsa la paura di essere scoperti.

Immerso nella calma lacustre, ora Luca continuava a pensare alle settimane che avevano congelato nel suono delle sirene le città, ma non le vite degli altri, per quanto chiuse nelle scatole dei loro appartamenti. Del resto, neppure per lui era stato un tempo immobile, al netto dell'impegno in radio e di qualche evasione turistica mascherata da trasferta di lavoro. Proprio in quei giorni era germogliata l'idea che, tre anni dopo, lo avrebbe portato lì, seduto su una panca dell'ampio terrazzo dal quale stava guardando il lago.

Lo sbocco sull'acqua della foresteria era stato una sorpresa insperata di quel soggiorno. La stanza che gli era stata assegnata, invece, era essenziale: giusto un letto, un comodino, l'armadio, una scrivania e una sedia. Aveva pure un lavandino con uno specchio di plastica, ma il bagno era fuori, alla fine del corridoio, in condivisione con le altre due camere dello stesso pianerottolo.

In quel momento non c'era nessun altro, la responsabile dell'accoglienza, suor Maria Paola, l'unica oltre alla badessa autorizzata a incontrare i pellegrini, gli aveva detto che il giorno dopo sarebbe arrivato il confessore delle monache, ma non erano previsti nuovi visitatori: a settembre, pure i più devoti preferivano sfruttare le giornate ancora calde per andare al mare o in montagna. La fede poteva aspettare.

A Luca sembrava di non ricordare nulla di quello che si erano detti prima con la madre superiora, il tempo era volato, il suo malessere gli aveva annebbiato i pensieri. Più tardi avrebbe riascoltato la registrazione, già sicuro che gli sarebbe costato sentire la sua défaillance. Doveva anche rivedere la scaletta delle domande per il mattino dopo. In giornata non avrebbe avuto la possibilità di incontrare di nuovo suor Maria Benedetta. Forse poteva riuscirci dopo cena, almeno di sfuggita, quando si sarebbe affacciata al refettorio per salutare gli ospiti.

Era ancora lontano dai temi che lo avevano portato lì, c'erano così tante cose da chiedere e non aveva molto tempo. Sentiva l'ansia riavvicinarsi, la sensazione di non riuscire a fare tutto.

Si rigirò tra le mani il volantino che aveva trovato sul comò: conteneva uno specchietto con gli orari delle preghiere in cappella. Lo studiò per decidere quando tornarci per registrare gli audio da usare nel montaggio. Nona l'avrebbe saltata per certo, forse sarebbe andato ai vespri, alle 17. La cena era alle 19.10, compieta alle 20.45. Sveglia alle 4.50 per il mattutino e le lodi, seguite dalla messa, alle 7.30.

Tirò fuori il cellulare dalla tasca. Prima di accenderlo si guardò intorno. I tetti di pietra liscia, attaccati l'uno all'altro, lo facevano pensare alle costruzioni di Lego con cui giocava da piccolo assieme al padre, nei pomeriggi del sabato trascorsi in casa: l'alternativa, in quelle giornate libere dal lavoro o dalla scuola, era la visita a un museo, se pioveva, o una gita fuori porta, quando il tempo era bello.

Il pensiero di Piero lo riempì di vergogna. Non era abituato a mentirgli, ma adesso le omissioni stavano diventando troppe. Si chiese se sarebbe stato possibile continuare a far finta di nulla e ricomporre lo strappo, dopo. A lui non poteva più dare colpe, solo una persona era responsabile. Ma esserne consapevole non gli impediva di provare insofferenza nei confronti del padre. Aveva bisogno di allontanarlo, di tenerlo a distanza, come pure sua madre.

Dal campanile romanico della basilica arrivarono quattro rintocchi che bastarono a far cambiare il corso dei suoi pensieri. Non era ancora andato a visitare le spoglie di san Giulio. Se si sbrigava, faceva in tempo.

Smise di tergiversare e accese il telefonino.

«Lu, tutto a posto?»

Il messaggio di Susanna comparve per primo. Solo sua sorella sapeva dov'era.

«Sì.»

Aveva tredici anni più di lui e lavorava al tribunale per i minorenni di Milano. Da sempre troppo grande per essere una compagna di giochi, era stata ed era la sua «angela custode», come gli diceva lei fin da quando era piccolo, il suo faro, un sole splendente in ogni giornata uggiosa.

Eccoli insieme, lui ha quasi nove anni e lei ventidue, sono seduti in autobus mano nella mano. Susanna tra una decina di giorni partirà per Bologna, dove ha deciso di trasferirsi per completare il corso di laurea in giurisprudenza con il professor Michele Sesta, esperto in diritto di famiglia, e fare l'esperienza da fuori sede, per chiudere il passaggio tra l'adolescenza e l'età adulta oltre le pareti confortevoli della sua stanza. È riuscita a convincere i genitori dopo mesi di insistenze e una media agli esami inappuntabile. Hanno trovato un appartamento in condivisione vicino al nuovo ateneo, ed entrambi devono accompagnarla per fare il trasloco, hanno già deciso la data.

Sono i primi di settembre, la scuola per Luca non è ancora cominciata.

Dopo un viaggio che a lui sembra interminabile, due cambi di autobus e un pezzo di strada a piedi in mezzo alla campagna, entrano in un parco con poche case basse e il tetto spiovente. È il canile.

«Puoi scegliere quello che vuoi» gli dice Susanna all'orecchio, svelandogli finalmente il mistero di quella gita a sorpresa.

«Ma mamma vuole?»

«Sì, mamma vuole.»

«E papà?»

«Sì, anche papà.»

Luca pensa che da grande vuole sposare sua sorella. Nessuno lo capisce come lei.

Insieme camminano fra le gabbie, superando cuccioli e cani adulti che spingono il muso tra le sbarre per farsi notare, mugolano, abbaiano uno sopra l'altro pur di essere scelti.

Ad attirare la sua attenzione, invece, è un meticcio color miele che sta in disparte, silenzioso, come se quella visita pomeridiana non lo riguardasse e l'ipotesi di una famiglia non facesse parte dei suoi obiettivi.

«Voglio lui» lo punta Luca.

«Sei sicuro? Ha già un nome, ma se deciderete di prenderlo lo puoi cambiare» lo avverte il volontario che li ha accompagnati a fare il giro. «Così comincerete una nuova vita insieme.»

L'uomo apre la gabbia per farlo uscire.

«Intanto fate amicizia.» Poi, rivolto a Susanna: «Se siete convinti, quando compila il modulo potete già opzionarlo. Ovviamente ci dobbiamo rivedere anche con i vostri genitori».

«Sì, certo. Nostro padre è veterinario. Può fidarsi, lo tratteremo bene.»

«È la prassi, vale per tutti.»

Luca è accovacciato quando guarda la sorella e le dice d'impulso: «Lo chiamerò Pongo» pensando al dalmata della *Carica dei 101*.

Il nome sembra piacere anche al cane, che quando il bambino si alza gli trotterella dietro con indifferenza. Ma è tutta una scena: diventerà il suo più fedele compagno di giochi per molti anni, e a dispetto del contegno di quel primo incontro, correrà come un pazzo dietro ogni palla, ciabatta, qualsiasi cosa gli lanceranno in aria per fargliela agguantare.

Prima di firmare le carte per avviare la richiesta di adozione, Susanna guarda seria il fratello.

«Non potrai portarlo indietro, dopo. Non lo prendiamo in prova. Se viene a casa, te ne devi occupare tu. Mamma e papà sono stati categorici e io li ho rassicurati al posto tuo.»

Luca neanche ci pensa.

La sorella ribadisce: «Dal momento in cui entra nella nostra famiglia, ne farà parte per sempre».

«Per sempre» annuisce Luca, con la febbre negli occhi.

«Hai bisogno di qualcosa?» gli chiese Susanna su WhatsApp.

«No, tutto ok.»

«L'hai già incontrata?»

«Sì.»

«E...?»

«Non so. Me l'aspettavo diversa.»

Prima di spegnere di nuovo lo smartphone scorse rapidamente gli altri messaggi. Un'agenzia di comunicazione lo invitava a moderare un incontro a Padova il mese successivo. Manlio voleva sapere se si stava divertendo: gli aveva raccontato di una rimpatriata nelle Langhe con i compagni della maturità. Sara gli domandava se aveva già visto *Oppenheimer* al cinema e se gli andava di vederlo insieme. Fu tentato di risponderle, ma così su due piedi non gli venne in mente niente di simpatico, e rinunciò.

Mise il cellulare in modalità aereo e uscì a fare il giro dell'isola portandosi appresso il registratore: voleva catturare qualche rumore in presa diretta.

ASCOLTA IL SILENZIO recitava una targhetta appesa a una parete di pietra. Tutto il sentiero che delimitava il perimetro dell'isola era disseminato di frasi a tema: IL SILENZIO È VERITÀ E PREGHIERA, IL SILENZIO È MUSICA E ARMONIA, NEL SILENZIO RESPIRI DIO, IL SILENZIO È LA PACE DELL'IO, SE ARRIVI A ESSERE CIÒ CHE SEI, SEI TUTTO.

Luca si chiese chi era, mentre calpestava i sampietrini. A sinistra, il muro di cinta era coperto di muschio e rampicanti. A destra, vicoli stretti separavano le case basse, sbucando sull'acqua.

Su una grondaia qualcuno aveva scritto con la vernice gialla ALFREDO LIBERO. "Sono arrivati perfino qui a chiederlo" pensò collegando la scritta ad Alfredo Cospito, il detenuto in regime di 41 bis che aveva fatto lo sciopero della fame.

Ecco chi era. «Sono di sicuro un giornalista» rispose a se stesso soddisfatto. Per il momento gli bastava.

Giulia

Renzo dormiva quasi sempre a casa con me quando stava a Milano. Non mi sembrava che avesse una doppia vita, come in realtà aveva: Linda e Marcus erano troppo lontani per considerarli reali. Mentre era reale il tempo che io e lui trascorrevamo insieme, quello condiviso con i nostri colleghi e amici, la birra dopo la chiusura del giornale nell'ultimo bar in fondo a via Solferino, le notti insonni a scoprire i nostri corpi.

Eravamo insieme anche la mattina del 6 dicembre 1990, giovedì, l'inizio di un ponte lungo per noi milanesi, e per me e Renzo in particolare. Di norma avrei dovuto lavorare, invece avevo spuntato due giorni di recupero che si erano accumulati dopo aver saltato altrettanti riposi di fila: attaccati al weekend libero facevano un bel pacchetto vacanza. Saremmo andati sull'Alpe di Siusi partendo con comodo, senza fretta. Me l'aveva fatta scoprire lui l'anno in cui in Francia era cominciata la nostra storia. Era diventata uno dei nostri posti del cuore, un paradiso di prati, montagne e cielo che cambiava colore al passaggio delle ore. Dall'hotel dove eravamo soliti prenotare, al tramonto vedevamo le pareti del Sassopiatto colorarsi di fucsia. Ci eravamo sempre andati alla fine dell'estate, quando incontravamo soltanto turisti stranieri, o in primavera, quando i fiori esplodevano sulle distese verdi. E adesso, grazie a quel super ponte, potevamo sperimentarla anche con la neve. Non avevo mai sciato, ma la prospettiva di un'escursione con le ciaspole sui tappeti bianchi mi riempiva di aspettative.

Alle 11, mentre stavamo per caricare l'auto, squillò il telefono.

«Un aereo si è appena schiantato su una scuola a Casalecchio, vicino a Bologna. Ci sono sicuramente morti e feriti. So che avevi preso qualche giorno, ma non ho nessun altro inviato, Vittorio Monti è in ferie e Goldoni farà il racconto, ho bisogno di una cronista di razza per tutto il resto. Giulietta, vai tu?»

Il vicedirettore sapeva come lusingarmi e farmi sentire indispensabile, anche se fingeva di ignorare che io non ero un'inviata come Monti o Goldoni. Però non mi ero mai tirata indietro su un servizio. E avere una relazione con un fotoreporter non mi aiutava a prendere le distanze dal lavoro o a fissare dei paletti: lui provava quello che provavo io. Di quella scuola ci sembrava già di sentire le urla degli studenti, vedevamo il fuoco e il fumo nero. «Se vuoi ti mando subito l'autista» mi sentii incalzare dall'altra parte del filo.

Ma bastò un'occhiata a Renzo per rispondergli: «Vado con la mia macchina, stavo già per partire. Cambio solo la destinazione».

«Grande Giulietta! Sapevo di poter contare su di te.»

Aspettai che Renzo chiamasse l'agenzia fotografica alla quale si appoggiava in Italia e ci mettemmo in viaggio. La sua mano sul ginocchio me lo faceva sentire vicino, anche se parlammo poco, ognuno rispettava la concentrazione dell'altro. Ogni tanto mi allungavo per cambiare stazione radio e cercarne una nuova che ci aggiornasse sull'incidente. Come altri miei colleghi, ero abituata a spostarmi con gli autisti: questo ci dava la comodità di telefonare durante il viaggio per allacciare contatti che si sarebbero rivelati utili al nostro arrivo. Ma avere Renzo al mio fianco mi restituiva un'impressione di pienezza che aggiungeva sicurezza al mio lavoro.

Trascorremmo a Bologna tutto il tempo del weekend romantico che avevamo programmato, perdendoci di giorno e ritrovandoci la sera in albergo, a condividere emozioni pesanti. Prima l'angoscia dei genitori corsi all'Istituto Salvemini per cercare i figli, poi le testimonianze degli studenti che erano riusciti a scappare e a salvarsi; lo sgomento degli insegnanti, lo sforzo dei soccorritori, il vigile del fuoco che si era messo a piangere davanti al moncone di un braccio.

E, ancora, l'agonia all'Ospedale Maggiore, dove con altri colleghi eravamo riusciti a incontrare una sopravvissuta. Era a letto, coperta di bende, in una stanza singola. Ricordo il suo racconto monocorde. Stava prendendo appunti sui compiti da fare alla fine della lezione di tedesco, quando si era voltata e dalla finestra aveva visto quell'enorme uccello di ferro avvicinarsi con le ali perpendicolari al suolo. Una scena impossibile da razionalizzare. La morte le stava venendo incontro e lei la stava aspettando immobile. Qualcuno aveva cominciato a gridare, alcune sedie erano state rovesciate a terra. Dopo pochi secondi l'aereo aveva sfondato le pareti. In classe c'erano sedici studenti: ne morirono dodici.

La chiamammo la «strage di Natale».

Ero turbata da tutta quella sofferenza, dall'imponderabile che aveva stravolto la vita dei ragazzi e delle loro famiglie, di chi si era salvato e di chi era rimasto schiacciato tra i banchi di scuola, nel luogo dove i genitori li credevano più al sicuro.

Ma la mia mente non poteva non andare anche a Bruno Viviani, il pilota di poco più grande degli studenti, il ventiquattrenne ai comandi del jet, che si era dovuto eiettare con il paracadute per non morire. Pensavo al peso che avrebbe dovuto portare da lì in avanti, alla scena che lo avrebbe inseguito per il resto della vita.

«Ci addoloriamo, giustamente, per chi non c'è più. Mi domando se ci preoccupiamo abbastanza di chi resta» dissi a Renzo una sera a cena, pensando ai sopravvissuti e ai genitori delle vittime.

«Forse no» mi rispose pensieroso. «Però chi resta non ha alternative, deve andare avanti. Non dimenticare chi è andato via è il solo modo di tenerlo in vita.»

Rimanemmo in silenzio per qualche minuto, ognuno a metabolizzare i suoi lutti, immagino. Poi, di punto in bianco, mi chiese di chiudere gli occhi.

«Che succede?» esitai.

«Ora lo vedi.» Si slacciò l'orologio dal polso e me lo allacciò sul maglione. «Basta fare un paio di buchi e poi sarà perfetto, per adesso puoi tenerlo sul polsino, così si chiude.»

Avevo perso il mio Swatch quel pomeriggio, forse in ospedale. Lo avevo ancora nella saletta allestita per la conferenza stampa vicino al pronto soccorso: avevo controllato l'ora, era tardi e avevo pensato che dovevo ritornare al più presto in albergo per scrivere. In camera, però, quando avevo tirato su la manica per calcolare il tempo che mi restava prima di consegnare l'articolo, mi ero accorta di non averlo più. Non era prezioso, era uno dei primi modelli usciti sul mercato, tutto rosso con le lancette bianche. Lo avevo acquistato all'aeroporto, durante una trasferta. Rappresentava un bel ricordo, mi dispiaceva soprattutto per quello: non sono gli oggetti, a mancarci, ma i pensieri e le emozioni che gli associamo.

Renzo era presente, quando mi ero lamentata, ma non aveva detto nulla. Aveva continuato ad armeggiare con la sua attrezzatura.

In trattoria, invece, mi aveva allungato il suo orologio importante, con la cassa in acciaio, il quadrante blu, il vetro antiriflesso, il fuso orario. Poteva scendere fino a trenta metri sott'acqua; non che potesse essermi utile per quello.

«Era di tuo padre. Sei sicuro?» gli chiesi perplessa. Non lo toglieva nemmeno per fare la doccia. «Appena torno a Milano me ne compro un altro e te lo restituisco» mi offrii pensando che me lo stesse dando in prestito.

Ma lui mi prese la mano. «A me l'orologio non serve, io ho già quello interiore, che mi fa arrivare dove serve al momento giusto. E mi fa capire quando è l'ora di fare qualcosa di importante. Non ti ho mai regalato nulla. Questo rappresenta il mio impegno con te.»

«E Marcus? Non è più giusto che lo abbia lui? Magari poi ti penti.»

Un'ombra gli attraversò gli occhi.

«Marcus potrà tenere le mie macchine fotografiche, quando sarà grande e se le vorrà.»

Mi strinse la mano. Gliel'accarezzai con l'altra.

Con la fantasia vagheggiai della nostra famiglia allargata, le vacanze alternate, gli inevitabili litigi e le romantiche rappacificazioni, come succede in certi stucchevoli film americani che ci ipnotizzano davanti allo schermo.

Tutto quello che avevo sempre desiderato fino a quel momento era lì, a portata di mano: il lavoro dei miei sogni, un uomo con cui condividerlo, un futuro da costruire insieme.

Il barone Lamberto

La sveglia suonò alle 4.20, ma Luca era già in piedi, lavato e vestito. Non era molto diverso dalle sue giornate abituali, quando si buttava giù dal letto alle 4, controllava le notifiche sul cellulare, sfogliava i social network, guardava i titoli di «Corriere» e «Repubblica» sull'iPad e poi si faceva una doccia bollente. Per strada non incrociava quasi nessuno e alle 5.30 era già in redazione, dove lo aspettava la mazzetta degli altri quotidiani. Il primo caffè lo beveva assieme a Manlio alla macchinetta, sfruttando quella mezz'ora per mettere a punto le ultime cose prima della diretta, che cominciava alle 6, anche se la maggior parte delle interviste con gli ospiti l'avevano già registrata il pomeriggio precedente e la scaletta di massima era già pronta.

Faceva così ogni mattina da cinque anni, era giornalista professionista da due.

Al primo articolo sul rider sotto il diluvio ne erano seguiti altri, un'anomalia nella struttura pachidermica del grande quotidiano con cui aveva cominciato a collaborare alla fine del liceo. Ma la sua voce fresca, di neodiciottenne con la testa sulle spalle, piaceva ai vicedirettori. Era su quelle colonne che lo aveva notato l'amministratore delegato della radio dove lavorava adesso. Gli aveva chiesto a bruciapelo un intervento nel programma di punta, in «quota giovani». E in quell'occasione lo aveva voluto conoscere di persona. Era stata la madre ad accompagnarlo, dettaglio che lo aveva infastidito non poco, facendolo sentire come un ragazzino sorvegliato dai genitori. Così le aveva chiesto almeno di restare fuori. Lei non si era opposta, ed era rimasta in macchina a leggere un libro.

La voce di Luca aveva funzionato, gli ascoltatori avevano mandato diversi messaggi per chiedere chi fosse lo studente dalla risposta pronta che avevano appena sentito in diretta e nel giro di poche settimane lui si era ritrovato con un piccolo spazio quotidiano nel contenitore del mattino, lo stesso che oggi conduceva con uno dei due colleghi di allora, Manlio; l'altro nel frattempo aveva deviato verso la tv.

Qualche giorno dopo aver preso la maturità scientifica, e mentre i compagni erano già tutti partiti per vacanze avventurose prima del salto all'università, Luca aveva cominciato la sua vita monacale nell'emittente di Cologno Monzese, con un meraviglioso futuro davanti: l'*enfant prodige* aveva preso il volo.

Prima di uscire dalla sua stanza di pellegrino, indossò il secondo dei tre completi che si era portato da Milano, anche questo di lino, però blu, preso nell'outlet di Serravalle dove la madre e la sorella due volte l'anno organizzavano spedizioni punitive contro il caro prezzi. I mocassini, invece, erano gli stessi, li aveva comprati in via Monte Napoleone con la quattordicesima.

Entrando nella cappella sistemò il microfono con il quale voleva registrare il canto delle monache. Il giorno prima, attraverso la grata di legno che separava le suore dai visitatori, aveva notato che alcune di loro indossavano il velo bianco, altre nero, ma sembrava non esserci un ordine particolare nella loro distribuzione dalla parte del coro. Al contrario, sul lato opposto, pareva vigesse un criterio di anzianità. Doveva chiedere alla badessa in base a quale regola venisse assegnato il posto: a parte l'anomalia del lato sinistro, gli pareva che per le altre fosse fisso.

Nel banco accanto al suo c'era il cappellano, un uomo con la barba che doveva avere una quindicina d'anni più di lui. In refettorio, la sera precedente, avevano parlato poco. Gli era sembrato infastidito dalle domande che stava facendo alle giovani in discernimento vocazionale sedute a tavola con loro, quelle non ancora sicure della chiamata alla vita monastica, che si stavano facendo chiarezza con un'esperienza a metà. Dormivano nelle celle esterne all'area della clausura, ma sempre all'interno dell'abbazia, partecipavano alle preghiere collettive restando al di qua dello spazio riservato alle suore, prestavano servizio alla comunità monastica svolgendo attività umili, come fare le pulizie e distribuire i pasti ai pellegrini al momento del pranzo e della cena.

Luca aveva chiesto a madre Maria Benedetta il permesso di intervistarle, purché fossero d'accordo, e lei glielo aveva accordato, a patto che parlasse soltanto alla fine della lettura dall'interfono e mai durante la preghiera. Al tavolo con lui c'erano tre aspiranti novizie, che osservava incerto tra curiosità e giudizio. Lo aveva colpito la risposta della più anziana, si chiamava Silvia, una ex maestra che di punto in bianco aveva abbandonato tutto, due anni prima.

«Avevo l'armadio pieno di abiti, ma mi sembrava sempre che mi mancasse qualcosa» gli aveva raccontato davanti agli altri, tenendo sospeso il cucchiaio. «Poi un pomeriggio, non so neanche perché, ho sentito il bisogno di entrare in chiesa e mi sono seduta in un angolo. Ho perso la cognizione del tempo, non saprei dire se sia passata un'ora o tre. So per certo che Gesù mi ha parlato, mi ha detto qualcosa che ho dovuto rielaborare con l'aiuto del parroco: è stato lui a suggerirmi di venire sull'isola, dove conosceva la badessa. La prima volta ci sono rimasta due settimane.

Poi sono tornata per un mese intero. Adesso sono qui da cinque mesi, sto facendo l'aspirandato. Do una mano, ma non vivo ancora con le monache, dormo in una stanza sopra la cappella. Aiuto in cucina e nelle tavole dei pellegrini, come hai potuto vedere tu stesso, spolvero, faccio quello che mi chiedono. Spero di poter entrare prima della fine dell'anno.»

«E la tua famiglia? I tuoi amici? Non avevi un compagno?» le aveva chiesto Luca senza darle il tempo di finire almeno la minestra.

Il cappellano era intervenuto in quel momento, irritato. «Stai disturbando la quiete del pasto.»

Si era scusato e avevano finito di cenare in silenzio. La badessa si era affacciata come promesso, con il suo sorriso pieno. Aveva sessantacinque anni, ma sarebbe stato difficile attribuirglieli senza saperlo. Gli aveva detto che avrebbe potuto dedicargli un'altra ora il mattino seguente, dopo colazione. E si era raccomandata che uscisse in fretta dall'abbazia al termine di compieta, l'ultimo momento di preghiera della giornata, perché poi avrebbero chiuso il cancello principale.

Uno scampanellio intermittente fece entrare le monache a passo svelto, come formiche operose che tornavano nel loro nido. Ognuna occupò la sua postazione e dopo poco cantarono gli inni. Luca si appisolò più di una volta, cullato dalle loro voci. Ebbe l'impulso di andarsene, ma rimase seduto. Per punirsi della sua debolezza non scese nemmeno a bere un caffè veloce, tra il mattutino e le lodi, nei dieci minuti messi a disposizione degli ospiti che non erano abituati a quegli orari e avevano bisogno di una piccola carica.

Assistette alla messa senza fare la comunione, provando a ricordare quale fosse l'ultima volta che l'aveva fatta, forse a un Natale di qualche anno prima, quando ancora andavano tutti insieme alla messa di mezzanotte in Duomo, un'abitudine alla quale Valeria teneva al punto da trascinarsi gli altri della famiglia sempre più ricalcitranti, finché non era rimasto soltanto il marito a seguirla nel suo pellegrinaggio dicembrino.

Riconobbe Silvia di spalle e aspettò di incrociare il suo sguardo al momento del segno di pace, quando si voltò e gli sorrise: era seduta due file più avanti, a sinistra. Su ogni banco c'era una targhetta di cartoncino color crema con il nome di battesimo scritto in corsivo con una penna stilografica: la prima lettera era rossa, le altre blu. Anche Luca ne aveva trovata una, appena arrivato, in quello che doveva essere il suo posto. Lui l'aveva spostata sopra un altro banco e da lì non l'aveva più mossa. Dal fondo della cappella, con le spalle al muro accanto alla porta, aveva la visuale migliore. Ma, soprattutto, aveva la sensazione di poter scappare in qualsiasi momento.

«Oggi sta meglio? Nonostante la levataccia?»

La badessa lo aspettava seduta nella solita poltroncina davanti alla finestra. Aveva già dato istruzioni al cappellano e alle postulanti per il resto della mattina.

«Sì, sto decisamente meglio. E comunque, con la radio, sono abituato a questi orari.»

Non si era accorto che il pavimento era in graniglia, nella porzione di sala dove erano seduti un tappeto color panna lo copriva.

«Bene. Come le sta sembrando l'esperienza? Ha già fatto un giro dell'isola?»

«Sì, ieri pomeriggio ho fatto una passeggiata: in cinque minuti si visita tutta.»

«Ha visto la casa dove Gianni Rodari ha ambientato la storia del barone Lamberto?»

«No, non ci ho fatto caso. Qual è?» le chiese con uno scatto della testa, finalmente incuriosito da un luogo che aveva giudicato fin troppo claustrofobico.

«Uscendo dal cancello a sinistra, se la trova dopo un centinaio di metri alla sua destra. È una bella storia, con più chiavi di lettura. Quando l'avevo letta mi aveva colpito il tema della ripetizione del nome per ringiovanire: è quello che il barone chiede di fare ai suoi impiegati, assunti con quel compito preciso. Mi ha sempre fatto pensare che, finché una persona viene nominata, non sarà dimenticata. In fondo lo facciamo ogni volta che preghiamo per i nostri defunti, no? Poi il racconto di Rodari prende un'altra piega, ma io lo ricordo per questo.»

«Non l'ho letto, però sono affezionato a un libriccino, sempre di Rodari, che i miei genitori mi leggevano prima di mettermi a letto, sui *Viaggi di Giovannino Perdigiorno.*»

La fronte della badessa si increspò appena.

«I suoi genitori cosa fanno?»

«Mio padre è veterinario, mia madre insegnava lettere, adesso è in pensione. Ho anche una sorella, molto più grande. Ha tredici anni più di me, lavora al tribunale per i minorenni di Milano.»

«E avete un buon rapporto, nonostante la differenza di età?» domandò la badessa accavallando le gambe e incrociando le dita nel gesto di una preghiera, proprio sopra il ginocchio.

«Bellissimo» rispose Luca con enfasi.

«Sono contenta. I rapporti familiari non sono sempre facili» commentò lei, stendendo ora una mano sopra l'altra.

«È la sorella migliore possibile. Sono stato molto fortunato» puntualizzò lui.

«Immagino la sorpresa dei suoi genitori, quando hanno scoperto di aspettarla.»

«Mi hanno molto desiderato. E poi sono arrivato all'improvviso, quando non ci speravano più. Sono arrivato come un dono, mi dicono sempre. Un gesto d'amore.»

Madre Maria Benedetta restò in silenzio, mentre Luca si fissava i mocassini: poteva sentire i suoi occhi puntati addosso. Preferì chiudere l'argomento. Le domande doveva farle lui, non lei.

«Più tardi vado a cercare la casa del barone di Rodari» concesse.

Poi le agganciò il microfono alla veste, quasi un rito di vestizione, come il giorno prima. Adesso, però, la mano non gli tremava più.

«Ancora non le ho chiesto quante siete e da dove arrivate.»

«Siamo sessantotto.»

Luca fece una faccia sorpresa. Lei continuò.

«Tante, vero? Ma ci mimetizziamo bene: quando ci spostiamo sulle passerelle esterne, siamo ben nascoste dai gelsomini. E in cappella non sempre il colpo d'occhio fa capire quante siamo. La più giovane ha ventisette anni, la più anziana novanta. Oggi l'età media della scelta è intorno ai trentacinque anni. La maggior parte è laureata: nella nostra comunità abbiamo insegnanti, presidi, economiste, avvocate, architette, dottoresse, infermiere.»

«Anche una giornalista» azzardò Luca, spiandole la faccia.

«Sì, anche una giornalista» lo assecondò con voce tranquilla. «Ma questo lo sa già, visto che ha letto la mia storia sul "Corriere della Sera".»

Luca non sapeva come continuare, lei gli aprì la strada.

«Può capitare a chiunque, di sentire la vocazione dopo aver raggiunto una posizione nella società e aver esercitato con profitto una professione. Non si deve turbare. Ha paura che possa succedere anche a lei?»

Luca strabuzzò gli occhi.

«Di entrare in seminario, intendo» precisò la badessa.

Gli scappò una risata e piegò il capo per non esibirla troppo. Ma a quella distanza era inutile. Prese tempo e si stirò le mani sui pantaloni.

«No, non ho paura di questa eventualità. Sono piuttosto sicuro che a me non possa capitare mai» aggiunse con una punta di sarcasmo.

«Mai dire mai. La vita sorprende e il Signore ha molta fantasia. Molta più di noi» replicò madre Maria Benedetta senza dismettere il sorriso, continuando a guardarlo intensamente, gli occhi due fessure. Luca si sentiva pesato e giudicato: era irrazionale, ma era quello che stava provando.

La badessa si accarezzò la croce, lui riprese il filo delle domande.

Giulia

Il segreto del tempo lo scopri quando passa. Gli anni con Renzo volavano e noi non ce ne rendevamo conto. Che agli occhi degli altri fossero anni normali o speciali non ci importava: erano nostri.

Una volta mi fece quasi morire d'infarto, con una sua visita a sorpresa. Piombò a casa mia alle 4 del mattino senza suonare il campanello. A sua discolpa va detto che gli avevo dato io le chiavi, ma di solito usava la cortesia di avvisarmi prima di arrivare. Invece quella notte, esasperato dai martelli pneumatici che riparavano il pavé sotto il suo pied-à-terre, pensò bene di venire da me per passare il resto della notte in santa pace.

Rivedo la sua sagoma confusa dal dormiveglia, mentre attraversava la porta della mia camera da letto. Urlai di terrore, pensando a un aggressore, e gli ci volle qualche minuto per tranquillizzarmi. Giurò che pensava di fare peggio telefonandomi prima.

Come dovrei catalogare questo ricordo? Tra i lati positivi o tra quelli negativi? O non era, piuttosto, la somma di tanti frammenti a formare il quadro della nostra storia, che non sarebbe mai stata identica a quella di un'altra coppia?

Quando Costanza, la collega che era anche la mia migliore amica, ci invitò a cena per il suo trentesimo compleanno, a capotavola sua madre arrivata apposta dalla Calabria con la gatta dopo un viaggio estenuante in treno, Renzo conquistò la matriarca portando un regalo anche per l'ospite felino: una piccola canna da pesca con un giocattolo fluorescente appeso all'amo.

Erano piccoli gesti, sfumature senza valore apparente. Come la porta dell'auto che mi apriva prima che ci entrassi, la mano dietro la mia schiena quando salivo le scale, la sedia spostata per farmi sedere. Niente, sulla bilancia dei sentimenti, o tutto, se la riempie di significato.

Ma i ricordi più nitidi sono quelli che si intrecciano con il lavoro, con le trasferte che abbiamo condiviso o che ci siamo raccontati mentre le facevamo.

L'estate del 1992, per esempio, la ricordano tutti per le stragi di mafia. Ma è anche l'estate nella quale io e Renzo ci passammo il testimone nei servizi da seguire. Ed è quella in cui ci ritagliammo qualche giorno di vacanza nel mare trasparente della Sardegna.

Ero stata mandata sull'isola per seguire la liberazione del piccolo Farouk Kassam, rilasciato dai suoi sequestratori dopo quasi sei mesi di prigionia dentro una grotta del Montalbo, a Lula. Cercavo di districarmi come meglio potevo tra la diffidenza della popolazione locale e l'ostilità dei familiari del bambino, costretti a chissà quali magheggi per pagare il riscatto nonostante il blocco dei beni. Era tutto difficile, ma anche stimolante, con i colleghi dei quotidiani regionali agguerriti e poco propensi a socializzare con i «continentali» delle testate nazionali.

Mi sembrava ancora il miglior mestiere del mondo, «sempre meglio che lavorare», come teorizzava Luigi Barzini jr, figlio e figlioccio d'arte, anche lui direttore del «Corriere» come il padre Luigi e il padrino di battesimo, Luigi Albertini. Con Costanza avevamo studiato a memoria la storia del giornale: ci sembrava necessario, quasi un dovere previsto con la consegna del badge, perché in qualche modo sentivamo di farne parte.

Non ho mai smesso di considerare un privilegio fare questo lavoro, e per di più nel primo quotidiano d'Italia, anche quando ho cominciato ad avere dubbi. E i miei dubbi, pure quando hanno scavato così a fondo da ridefinire le mie priorità, non hanno mai delegittimato il mio lavoro e i colleghi che mi hanno insegnato a farlo, fino all'ultimo giorno.

Il 19 luglio, dopo un inutile viaggio a Nuoro per parlare con il titolare dell'indagine sul sequestro, ero ancora in prefettura quando arrivò la notizia della strage di via D'Amelio, la 126 amaranto esplosa uccidendo il magistrato Paolo Borsellino con cinque membri della scorta, sotto la casa della madre e della sorella.

In serata mi chiamarono da via Solferino per chiedermi di andare a Sestu, nel Cagliaritano, con l'ingrato compito di parlare con i familiari della poliziotta uccisa e di oltrepassare la sacra soglia della sua camera da letto, che mi svelò la libreria con il portagioie a ribalta, una bambola di porcellana sulla trapunta azzurra, le foto con lei sorridente al mare. Emanuela Loi aveva ventiquattro anni. Era tornata in Sicilia nonostante avesse la febbre per dare il cambio a un collega che altrimenti non sarebbe potuto andare in ferie. Sua madre aveva cercato di dissuaderla, inutilmente.

Da Milano, Renzo era volato a Palermo per documentare lo stupro della strada, l'orrore dell'esplosione, lo sgomento di chi non si era ancora ripreso dall'attentato che aveva falcidiato Giovanni Falcone, sua moglie Francesca Morvillo e i tre uomini della scorta.

Quasi non riuscivamo a toccare l'argomento, la notte, quando ci sentivamo al telefono. Erano giorni difficili da metabolizzare, ci lasciavano una tristezza grave, con l'idea che niente potesse cambiare o che tutto stesse per farlo, ma in peggio.

La notte stessa dell'attentato di via D'Amelio il ministro della Giustizia Claudio Martelli aveva firmato sul cofano di un'auto l'applicazione del regime di carcere duro, il 41 bis, per trecento detenuti di mafia, camorra e 'ndrangheta, che vennero trasferiti d'urgenza nelle carceri di massima sicurezza dell'Asinara e di Pianosa.

Provai ad andare sull'isola degli asinelli bianchi, senza successo, perché le misure di sicurezza impedivano ai civili di avvicinarsi con i gommoni. Scrissi comunque un pezzo di colore, basandomi su quello che ero riuscita a vedere con un banale binocolo e intervistando sulla terraferma i familiari degli agenti di polizia penitenziaria.

Quando la mia trasferta esaurì i compiti, Renzo mi raggiunse. Andai a prenderlo ad Alghero e, per la prima volta da che stavamo insieme, piansi mentre lo abbracciavo.

«È per questo che non porti la tua famiglia in Italia? Non vuoi far crescere tuo figlio in un Paese dove i magistrati vengono uccisi?» gli chiesi quella sera a bruciapelo, mentre mangiavamo in un ristorante sul bastione.

Non gli facevo mai domande su Linda e Marcus. Il mio non era riguardo o rispetto, ma una forma di egoismo. Non volevo inquinare il nostro spazio e metterlo davanti a una scelta. O metterci me, piuttosto.

Fuggivo dalla tentazione di chiedergli come stavano, cosa facevano quando erano insieme, quale fosse la loro routine familiare. Era un Renzo che non conoscevo, quello che infornava il tacchino nel giorno del Ringraziamento o che portava la moglie e il figlio a pattinare al Rockefeller Center, ammesso che ci andassero davvero. Di loro avevo visto soltanto una foto, quasi per errore: gli era caduto dal tavolo il portafogli e la polaroid era uscita fuori per metà. Lui si era accorto che la stavo osservando. «Vuoi vederla?» mi aveva chiesto porgendomela. La piega nel centro spezzava la sua figura. Mi sembrò la metafora perfetta di un uomo che non sapeva scegliere.

«Marcus è figlio dell'America, e delle opportunità che può offrirgli. Sua madre non accetterebbe mai di portarlo in Italia. Lui è un'emanazione dei suoi sogni, del desiderio di maternità che non condividevo, ma che ho assecondato. Sapevo che non sarei mai stato un padre presente e Linda lo ha accettato. È questo il nostro patto. Per Marcus ci siamo entrambi, ma sarei ipocrita se non riconoscessi che quasi tutto il lavoro lo sta facendo lei. Non avevo valutato, all'inizio, che avrei dovuto pagarne il prezzo e adesso, infatti, non mi lascia molto spazio sulla sua educazione. Spero che lui un giorno possa scoprire una passione totalizzante e perdonarmi.»

Non parlammo più di loro. Non si apriva mai così tanto sulle cose private e le sue parole mi lasciarono un senso di inquietudine. Non sapevo se attribuirlo al distacco con cui mi aveva raccontato il suo ménage familiare, o all'eco pesante lasciata dalle cronache delle ultime settimane. Anch'io cominciavo a sentirmi stanca. Desideravo la mia piccola fetta di felicità. Se avesse divorziato, in fondo, nella qualità della nostra vita in comune cosa sarebbe cambiato? Forse niente. Per certo non il tempo che già condividevamo. O magari sì.

Mi accontentavo di vivere nell'eterno presente di una cronista che non sposta mai lo sguardo oltre la chiusura del quotidiano, un giorno alla volta. Se desideravo di più, e a quei tempi mi sembrava di non desiderarlo, avevo l'alibi perfetto per non rendermene conto. Continuavo a pensare con vaghezza che quando Marcus fosse diventato più grande le cose sarebbero cambiate. Non c'era motivo di forzarle.

Ci godemmo quei pochi giorni tra le acque cristalline di Stintino e i vicoli del centro storico di Alghero, quasi sollevati da tanta bellezza. Mangiammo aragosta in un ristorante vicino all'aeroporto, ne ricordo ancora il sapore nonostante siano passati più di trent'anni. La felicità è fatta di piccole cose, di condivisioni, di momenti che non sembrano memorabili finché non diventano ricordi.

L'ho amato molto, Renzo. Anche se non era un uomo libero. Anche se aveva queste due vite distinte in compartimenti stagni al di qua e al di là dell'oceano.

Non so se Linda abbia mai chiesto di me, o sospettato qualcosa. In Italia non è mai venuta, nemmeno il figlio. Loro, a quanto so, non espressero neanche una volta questo desiderio e lui non li incoraggiò.

Decisi di interpretarlo come la prova del suo amore, la volontà di preservare uno spazio, fisico e psicologico, che era soltanto nostro, dei nostri amici, dei rituali che riempivano le nostre giornate, io e lui e la nostra bolla di felicità.

Finché la felicità si ribellò.

La giornalista

«Vorrei farle qualche domanda sul suo lavoro precedente. Cioè, sulla vita di prima» osò Luca. Un telefono squillò, la badessa non si mosse.

«Certo, lo avevo messo in conto. Chieda pure.»

Le consorelle avevano ripreso le loro attività, al riparo dagli occhi degli altri. Il laboratorio di restauro di tessili antichi era uno dei fiori all'occhiello della comunità, avviato nei primi anni Ottanta con un'équipe di specialisti dell'Opificio delle pietre dure di Firenze. Ormai da tutta Italia, istituti religiosi, enti pubblici e privati inviavano materiali da recuperare con la cura minuziosa delle monache, che pure mentre lavoravano pregavano, vivendo ogni mansione come un momento di raccoglimento.

Luca la prese alla larga, selezionando le parole per avanzare sul sentiero sempre più stretto che aveva puntato fin dall'inizio.

«C'è un servizio che le è rimasto in mente più di altri?» cominciò a segnare il tracciato.

Guardandola, non riusciva a credere che quella monaca potesse aver girato l'Italia e raccontato storie e fatti di cronaca. Addirittura, come un'inviata di punta.

Cercava di immaginarne la vita attraverso il viso, dallo sguardo parziale che gli offriva la tunica: gli occhi, il naso, la bocca. Ma il soggolo copriva collo e capelli, non c'era traccia di femminilità, l'ombra di una passione. Era un volto asessuato, Luca dubitava che potesse accendersi, o che lo avesse mai fatto.

Non riusciva a visualizzare la donna dietro la badessa e la giornalista ancora prima, alle prese con morti ammazzati, vittime di incidenti o grandi eventi.

Le riconosceva una certa curiosità, forse per via del sorriso divertito con cui lo guardava spesso, l'unica spigolatura che rimandava a un altro mondo, precedente al velo che le impacchettava la testa.

Madre Maria Benedetta rimase in silenzio, come indecisa su quale fosse il ricordo più adatto da consegnare a Luca. Poi rispose.

«Tanti, e per motivi diversi. Anche se sul momento devi mantenere il distacco per non farti travolgere dalle emozioni, lo avrà già sperimentato. Però in questo non sono mai stata molto brava. Alla fine le cose che racconti ti scavano dentro, pure se non te ne accorgi. È stato così per il servizio che mi ha portata qui, moltissimi anni fa.»

Una luce si accese nell'interlocutore più giovane. La speranza di una rivelazione, che desse finalmente senso alla sua visita. Esitò a chiederle le circostanze di quella trasferta, che stava già incendiando la sua immaginazione, per lasciare modo alla badessa di raccontarle da sola. Invece, lei sterzò.

«Ma se torno indietro nel tempo, uno dei più toccanti fu senza dubbio il suicidio di Primo Levi.»

La delusione lo punse. Tuttavia lo ingolosì la possibilità di scoprire un retroscena che unisse uno degli scrittori che avevano formato la sua adolescenza con la monaca che gli sedeva di fronte.

«Lo seguì lei?»

Aveva catturato di nuovo la sua attenzione.

«Sì, feci io la cronaca. Torino allora era scoperta, non come oggi che il "Corriere" ha tante redazioni sul territorio. Di Primo Levi avevo letto tutto. Per me era strano seguire la morte di uno degli autori che più avevo amato, *Se questo è un uomo* mi faceva piangere ogni volta che lo rileggevo. Quel suicidio lo sentivo come un tradimento. Ma avevo anche molto rispetto del mistero che avvolge la scelta di togliersi la vita, una rinuncia totale, definitiva, incomprensibile se non a chi la compie. Non sappiamo mai davvero come si sentono gli altri. Già solo per questo dovremmo sospendere ogni giudizio, quando veniamo tentati dalla voglia di offrire noi le soluzioni.»

«Beh, forse non fu così imprevedibile come scelta, dopo quello che aveva passato» rifletté lui a voce alta.

«Sai Luca...» Era passata al tu. Si scusò un attimo dopo. «Mi perdoni, mi è venuto naturale.»

«Non si preoccupi, per me va bene. Mi sembrava strano il contrario, se devo essere sincero.»

«Non volevo mancare di rispetto alla sua professione.»

«Per me va bene se continua a darmi del tu.»

«Facciamo che ce lo diamo entrambi?»

«Preferisco di no, ma mi fa piacere se lei me lo dà.»

«Va bene. Allora, Luca...»

Madre Maria Benedetta cercò nel suo passato, corse indietro all'11 aprile del 1987, una data facile da ricordare perché era il giorno del compleanno di Costanza, la sua compagna di scrivania, l'unica capace di risollevarle sempre il morale con poche battute.

Ritornò nella casa di corso Re Umberto a Torino, dove Primo Levi era nato e si era sposato, dove aveva cresciuto i suoi figli, dove si era lasciato cadere nella tromba delle scale dal terzo piano. Un fatto che aveva sconvolto tutti, intellettuali e società civile.

Ricordò i funerali sottotono, la cerimonia più che scarna, ma non era ancora stata celebrata la Pasqua ebraica e soltanto dopo la festività lo avrebbero commemorato nel tempio. Le erano rimasti impressi le strelitzie e i mughetti sopra il velluto nero che copriva la bara, e i fazzoletti blu e celesti al collo dei reduci che l'avevano seguita nel mesto corteo.

Le tornò in mente il dolore della vedova, lo sgomento della custode che per ultima lo aveva visto ancora in vita e che aveva scoperto il corpo dopo aver sentito lo schianto sul pavimento.

«Un paio di settimane dopo la sua morte, Rita Levi Montalcini, una delle migliori amiche, rilasciò un'intervista per dire che non credeva all'ipotesi del suicidio. Usava argomentazioni razionali: diceva che Primo Levi era contrario per principio, che non esisteva nessun testimone oculare, che forse i farmaci che prendeva per la depressione gli avevano causato un capogiro quando si era sporto dalla balaustra. Mi colpì l'incapacità della mente umana di accettare una decisione così radicale, che annichilisce chi resta, lo abbandona a mille interrogativi.»

Luca non riuscì a trattenersi ed ebbe l'impulso di alzarsi dalla sedia. A malapena frenò i muscoli, lo scatto mancato era palpabile dai suoi nervi tesi. La curiosità per il lavoro di una collega più anziana si era già trasformata in rabbia.

«Non è solo il suicidio a lasciarci impotenti. Vale per tutte le decisioni che incidono sulla vita degli altri, senza che gli altri possano fare nulla per impedirle. È inutile voler trovare a tutti i costi un senso. Dietro, c'è solo l'egoismo» sbottò.

«O l'amore, Luca. Anche l'amore lo capisce solo chi lo prova.»

La badessa non sorrideva più. E Luca si sentiva sempre più ingabbiato.

Giulia

Non sarebbe leale raccontare quegli anni soltanto con il lavoro. Perché è vero, è stato la mia ragione di vita, il motivo per il quale mi svegliavo ogni mattina, la mia grande passione. Ciò per cui mi ero impegnata, avevo fatto sacrifici, non ero mai scesa a compromessi. Non c'era volta che rientrassi da una vacanza senza una storia da scrivere, non staccavo mai, e non ne sentivo il peso.

Intorno al lavoro ruotavano i miei amici, e questo forse spiega perché non ci fossero confini tra ciò che ero e ciò che facevo. Erano famiglia, per me, nel modo disfunzionale in cui può esserlo chi condivide la tua scrivania, le cene in mensa o le uscite la sera tardi, dopo il lavoro, senza una linea di separazione con la vita privata.

A Costanza, però, ho davvero voluto bene come fosse mia sorella, al netto del legame di sangue che non c'era. E se non l'avessi conosciuta, avrei desiderato avere un'amica come lei.

È stata la mia vicina di banco, finché non ho avuto una stanza tutta per me. Stavamo in un open space al piano terra, con le finestre che si affacciavano da una parte sul marciapiede lungo via Solferino e dall'altra sul cortile interno del palazzo. Eravamo divisi in isole di competenza: da un lato la nera e la giudiziaria, con una sezione dedicata alla bianca, cioè tutta la cronaca che non aveva a che fare con i morti ammazzati; dall'altro la politica locale e regionale, con la zona riservata ai capi del desk, quelli che organizzavano il lavoro e assegnavano i pezzi da scrivere. Soltanto il caporedattore aveva un ufficio separato, che però era sempre aperto. E in un'altra stanza in fondo c'era lo spazio per telefonare con un po' di privacy. Ogni tanto si sentiva gracchiare la radio sintonizzata sulle frequenze della polizia, dalla quale si poteva capire subito quando erano in corso un intervento o un'operazione degni di un articolo di giornale.

Pur occupandoci di cose diverse, anche Costanza si sedette nell'isola dov'ero io: un collega aveva cambiato settore e la scrivania era rimasta libera. Mia coetanea, era arrivata al «Corriere» tre anni dopo il mio ingresso. Energica, scintillante, non entrava mai in redazione senza i tacchi.

Seguiva Palazzo Marino, dunque la politica milanese. A suon di scoop si era conquistata il ruolo di prima *firma sulle beghe locali. Uno dei più emozionanti fu quando a San Vittore si suicidò Gabriele Cagliari e lei, fingendosi portaborse di un politico, riuscì a entrare nella cella dove l'ex presidente dell'*ENI *si era tolto la vita. Nell'«immenso canile», come Cagliari chiamava il carcere, trovò i suoi compagni in lacrime. Costanza scrisse un pezzo meraviglioso, facendoci sentire lì accanto a lei mentre percorreva i raggi della prigione con il secondino che teneva in mano un mazzo di chiavi grande come quello di san Pietro. Della cella di due metri per quattro con un bagno stretto e lungo, Costanza accese un faro sui libri, il* Candido *di Voltaire e* L'inferno *di Giorgio Bocca, e sui giornali ammassati su un lato. Per lei fu la consacrazione.*

A rafforzare la nostra amicizia fu uno dei rari weekend che rubammo al giornale, la volta che andammo a Deiva Marina, dove aveva una piccola casa vicino alla spiaggia.

Quel tempo speso insieme ci avvicinò molto. Io le parlai di Renzo, di Linda e di Marcus. Mi chiese se fossi mai stata curiosa di conoscere il figlio, ma con sincerità le risposi che non vederlo mi teneva al riparo dal senso di colpa che ciclicamente riaffiorava. Né Renzo, dal suo canto, aveva mai manifestato il desiderio di condividere con me quella parte della sua vita. Non ne parlava, o lo faceva con il contagocce, e io non chiedevo. Le cose sarebbero cambiate, prima o poi, quando Marcus fosse stato grande abbastanza.

Costanza si rabbuiò, mentre glielo dicevo. Ma fu solo dopo il terzo gin tonic, quando ormai non c'era più nessun freno inibitorio a contenerci, che decise di aprirsi.

Eravamo in un baretto a pochi passi da casa sua. Lei, la spavalda, la cronista politica in tacchi a spillo, i figli non avrebbe potuto mai averli. «È colpa dell'anoressia» mi raccontò con amarezza. «Ne ho sofferto per anni e ha cambiato qualcosa in me per sempre. Sono rimasta incinta una volta, quando ancora frequentavo l'università, ma ho perso il bambino prima di rendermi conto che un figlio mi stava crescendo dentro. Se ne sono accorti al pronto soccorso, dove sono arrivata per l'emorragia.»

Non aggiunse altro, se non che le sarebbe piaciuto avere un figlio, qualcuno con cui fare bisbocce o andare a provare la cucina etnica nei giorni liberi. Non capii se lo stesse dicendo con sarcasmo o con ironia, per cenare fuori le sarebbe bastata un'amica, non ci voleva un figlio. Ma non osai interrompere la sua confessione.

Continuò. Forse, se fosse stata mamma, non sarebbe diventata una firma affilata delle cronache politiche, o forse sì, chi poteva dirlo? Forse non avrebbe usato solo tacchi alti, o forse sì. Di sicuro sarebbe stato tutto diverso, in un modo che le faceva male anche solo immaginare, perché qualsiasi altro scenario per lei sarebbe stato impossibile. Me lo disse con nostalgia e aggiunse: «Ti può mancare qualcosa che non hai mai avuto? A me sembra di sì, questa cosa non la capisco, ma è così».

Non le chiesi chi era il padre, quando fosse finita, se si sentivano ancora. In fondo non era importante. Preferii non invadere oltre il suo spazio intimo, nel quale già mi aveva fatto entrare, e custodii quel pezzetto di privato che mi aveva consegnato. Il più prezioso, forse.

Dopo, riuscimmo a malapena a salire a piedi i quattro piani di scale per raggiungere il suo appartamento. Questo non ci impedì, il mattino dopo, di indossare un paio di occhialoni scuri da dive di Hollywood per andare alle Cinque Terre. Mentre mangiavamo un cartoccio di fritto come tutti i turisti che a centinaia invadevano quella parte di costa da ogni angolo del mondo, non riuscimmo a toccare nemmeno un goccio di vino. E lei mi intimò di non rivelare a nessuno che avevamo pasteggiato senza il Vermentino. «Ho una reputazione da difendere!» esclamò con la consueta energia.

Non ci fu bisogno di dirci che non avremmo più parlato della notte precedente e delle confessioni che ci eravamo fatte.

Visitammo Vernazza, Manarola e Riomaggiore. Dalla torre del castello Doria restammo a guardare in silenzio il profilo delle montagne, sembrava la schiena di un orso, quasi la potevi accarezzare con un dito.

Tornando indietro ci fermammo per un aperitivo a Framura, dove però rinunciammo a salire a piedi, i postumi della sbornia si facevano ancora sentire. Il minibus ci lasciò vicino a una terrazza che dominava il mare. Ci sedemmo su una panchina per bere un cocktail non troppo forte a base di vermut bianco locale, con un tagliere misto di salumi e formaggi.

L'amicizia è fatta di chiacchiere e silenzi. Ricordo perfettamente quello che ci siamo dette io e Costanza negli anni. Più di tutto, conservo nel cuore quello che non ci siamo dette. Sapere che c'eravamo e che ci saremmo state sempre l'una per l'altra è stato il nostro regalo più grande.

L'ansia

Luca aveva cominciato a soffrire d'ansia il giorno di Natale, nove mesi prima. Dopo il turno in redazione, era passato nel suo appartamento a prendere i regali da portare ai genitori e alla sorella per il pranzo nella casa dov'era cresciuto. Stava aprendo la porta per uscire, quando una folata fredda lo aveva gelato.

Non c'erano finestre aperte, il riscaldamento era acceso. Però la sensazione era quella, un'inquietudine che gli si allargava sul petto.

Si era seduto sul divano, sperando che passasse, e poi si era sdraiato, perché non voleva passargli.

Dai suoi era arrivato in ritardo, giustificandosi con il lavoro.

«Anche a Natale!» aveva brontolato Piero, che non sapeva se essere orgoglioso o perplesso per quel figlio rampante, pieno di passione, certo, ma devoto soltanto alla professione, per quel che ne sapeva lui.

«Pensa alle persone alle quali ha tenuto compagnia, magari oggi erano rimaste sole» Susanna lo aveva difeso, ma poi lo aveva preso da parte.

«Sei strano.»

«Mi sento strano, infatti, agitato. È un po' d'ansia, forse.»

Non si erano detti altro. Ma dopo quel giorno era successo di nuovo, a distanza sempre più ravvicinata. Una volta, prima di una diretta, e se l'era cavata rifugiandosi in bagno e facendo lunghi respiri. Un'altra, mentre viaggiava in treno verso Roma per presentare la convention di una banca. Anche allora aveva aspettato che passasse, tenendo gli occhi chiusi e concentrandosi sul respiro. In breve erano diventati due episodi a settimana.

La volta più grave era stata a metà febbraio con Sara, la nuova regista. Era da un po' che si scambiavano battute, si sfioravano le mani davanti alla stampante. Lo incuriosivano il suo sguardo lieve sulle cose, il buon umore, il sorriso con cui sembrava incoraggiarlo a una maggiore intimità. Ma Luca non si decideva a invitarla a uscire, i suoi pensieri erano monopolizzati dal suo progetto privato. Lo accarezzava da quando era andato a vivere da solo, ormai gli assorbiva tutte le energie dopo il lavoro. Per il resto c'era tempo, pensava.

Quella sera, però, non aveva trovato controindicazioni nella proposta di Manlio di sfidare la sorte

– era un venerdì 17 – e di cenare tutti insieme per provare una nuova cantina di vini senza solfiti. Bevvero più del solito. Se la polizia li avesse fermati, l'alcoltest non avrebbe risparmiato nessuno di loro.

Luca diede un passaggio a Sara.

«È un miracolo che sia riuscito a portarti a casa sana e salva.»

«Adesso devi salire a bere un digestivo. Ho un liquore alla liquirizia fatto da mia nonna che fa smaltire anche i sassi. Fa pure passare l'ubriacatura, l'ho testato personalmente!»

«Ma allora sei veramente un'alcolizzata, non era solo oggi» la prese in giro spegnendo il motore.

«Ci puoi contare!» rispose garrula. «Avevi dubbi?»

Li assalì la stupidera, una ridarella incontenibile echeggiava nell'abitacolo.

Non aveva motivi per dirle di no. Si sentiva la testa leggera, non voleva più pensare. Aveva ventitré anni, per una volta voleva vivere come i suoi coetanei, il padre glielo ripeteva di continuo.

Salirono spintonandosi nei gradini. Lei faticò a inserire la chiave nella toppa, e questo li fece ridere ancora di più.

A Luca piacquero i colori dell'appartamento, l'ingresso si affacciava direttamente al salotto con la cucina a vista. Si tolse le scarpe, come aveva visto fare a Sara, e le chiese subito dov'era il bagno, doveva assolutamente fare la pipì. Ma quando entrò, lo investì un mulinello d'aria che dallo stomaco gli salì in gola, spalmandosi sul petto. Non era più soltanto vento, l'indicatore dell'ansia che lo colpiva quando meno se lo aspettava e che aveva imparato a gestire concentrandosi e facendo lunghi respiri. In quel momento era paura dell'imponderabile. Gli mancava l'aria e il dolore al petto gli si stava irradiando al braccio. Non riusciva più a controllare il disagio. Adesso temeva di morire.

Uscì dal bagno bianco come un lenzuolo, l'espressione spaventata turbò Sara, che aveva appena messo un CD di Chiara Effe. I bassi di *Via Serpentara* rimbombavano già nella sala.

«Portami al pronto soccorso» le disse con voce spezzata.

«Ma cosa ti sta succedendo? Sei sudato. Cosa senti?»

«Mi manca il respiro, mi preme qui, fa male il braccio... Non lo so, per favore, andiamo.»

Chiamò un taxi, che li portò al San Giuseppe.

Spiegarono sommariamente i sintomi all'accettazione e gli assegnarono un codice giallo: in meno di un'ora era dentro. Sara rimase in sala d'attesa ad aspettarlo.

Al medico che gli stava facendo l'elettrocardiogramma raccontò a grandi linee cosa gli era successo. Fecero gli accertamenti, armeggiarono con il saturimetro, gli prelevarono il sangue. Poi gli diedero un ansiolitico e chiamarono la psichiatra di turno.

«Non è un infarto, hai avuto un attacco di panico» gli disse quarantacinque minuti dopo la dottoressa che lo stava visitando. Era sulla cinquantina, aveva un caschetto biondo con la frangetta, la figura sottile.

«C'è qualcosa che ti preoccupa?» gli chiese con voce morbida.

«No, sono solo stanco.» E chinò il capo.

«Ogni tanto la mattina ti ascolto alla radio, sai? Siete bravi, tu e il tuo amico.»

Luca non riuscì a risponderle. Ancora non si capacitava di quello che era successo nell'arco di una serata.

«Dagli esami non c'è nulla di allarmante. Non hai un problema fisico, i valori sono tutti in ordine. Ti prescrivo delle benzodiazepine: prendine dieci gocce due volte al giorno per quindici, venti giorni. Poi tienile sempre in tasca da usare in emergenza, se ti ricapita di stare male come stasera. Dovresti sentirlo arrivare. In quel caso prendi subito dieci gocce. Questa è la prescrizione.»

«Grazie.»

«Ti farebbe bene vedere qualcuno, uno psicologo magari. Gli attacchi di panico possono diventare invalidanti. Adesso ti è successo a casa di un'amica. Pensa se fossi stato in onda.»

«Non mi era mai successo così forte.»

«Sei stato fortunato, potresti non esserlo in futuro. Ma il punto non è prendere qualcosa che ti anestetizzi e te lo faccia passare. Le gocce ti aiutano a gestire l'emergenza. Ma tu devi capire perché arriva.»

«Ok.»

Scrisse su un foglietto un nome e un ambulatorio.

«È molto bravo. Vai a nome mio.»

«Va bene, ci penso.»

«Com'è che dite voi? Uno per tutti, tutti per uno.»

Gli scappò l'idea di un sorriso. Ma lo pensò soltanto.

Fuori dalle porte scorrevoli Sara lo vide e si alzò in piedi per andargli incontro. Si era dimenticato di lei, era rimasta ad aspettarlo tutto il tempo.

«Sei ancora qui?» chiese con gli occhi bassi.

«Ma certo. Mica ti lasciavo da solo. Cosa ha detto il medico?»

Erano quasi le 4 del mattino, praticamente l'ora in cui si alzava abitualmente. Ma era sabato e quel giorno non c'era il programma a dargli la sveglia.

«Ho bisogno di andare subito a casa, mi sento sfinito.»

Lei sgranò gli occhi, Luca non avrebbe potuto dire se per la sorpresa o la delusione per quelle poche parole, neanche il beneficio di una spiegazione.

«Ma sì, certo. Adesso prendiamo un taxi. Ti accompagno.»

«Non c'è bisogno, davvero.»

Lei aveva già in mano il telefonino e stava controllando sull'app in quanto tempo sarebbe arrivata la macchina.

«Stai tranquillo, voglio solo assicurarmi che arrivi sano e salvo fino al tuo letto. Poi me ne vado.»

Si vergognò per essere stato ruvido, Sara stava solo cercando di essere gentile. Fecero il tragitto in silenzio. Non era un silenzio ostile, piuttosto pieno di imbarazzo.

Quando l'auto si fermò davanti al portone, lei trattenne il tassista: «Lo accompagno sopra e poi scendo, ci metto due minuti».

In ascensore non dissero una parola, lui non la guardò nemmeno una volta.

«Hai bisogno di qualcosa?» gli chiese prima di andar via.

«Di riposarmi e basta.»

«La macchina te la riporto io direttamente alla radio.»

«Domani pensavo di non venire.»

«Mi sembra l'ultimo dei problemi» gli rispose preoccupata. Non osò insistere. Non avevano tanta confidenza, e quella poca che avevano conquistato uscendo dall'enoteca pareva fosse rimasta nella sala d'aspetto dell'ospedale.

Luca si spogliò e si infilò nudo sotto il piumone. Rimase a letto tutto il giorno. Soltanto la sera chiamò Susanna.

Giulia

Nel 1994 gettai il seme che avrebbe cambiato la mia vita. Ci sarebbero voluti anni, ma le grandi trasformazioni richiedono tempo e cuore libero, non sai mai quando germoglierà quel principio di possibilità che hai lasciato entrare.

Renzo era molto inquieto. Ed ero inquieta io, che facevo sempre più spesso i conti con un'infelicità poco afferrabile. Il fatto che io e lui vivessimo il nostro amore alla luce del sole in Italia inquinava la mia idea di relazione. Perché sapevo che non era piena. E la prospettiva che le cose potessero cambiare con la maggiore età di Marcus era diventata un'ipotesi fragile. Erano otto anni che giocavamo ai promessi sposi. E suo figlio era ormai adolescente.

Ci sceglievamo giorno per giorno, forse è stato questo il segreto che ci ha fatto restare insieme per tanto tempo.

Quando spariva, e lo faceva, io sapevo che sarebbe tornato. In fondo erano quelle pause a rinfocolare il nostro entusiasmo, lasciando ciascuno libero di sentire la mancanza dell'altro e di desiderare ritrovarlo.

Il pensiero di Linda, non so quanto inconsapevole al di là dell'oceano, abbarbicata nel ruolo di madre e indifferente al resto, suscitava in me sentimenti contrastanti. Ma con un esercizio sadico di onestà intellettuale, potevo dire a me stessa che senza di lei le cose sarebbero cambiate? Cosa mi aveva impedito di impuntarmi e di minacciare pazzie, se non che in fondo quella libertà su cui si era fondata la nostra relazione combaciava con il mio bisogno di sentirmi senza vincoli?

A un certo punto provai lo stesso a forzare le cose. E misi Renzo con le spalle al muro: se non riuscivamo a progettare, forse il nostro non era più amore.

«Ma cosa ci manca?» obiettò davanti alla mia domanda franca se ci saremmo mai sposati. Che poi non so perché lo dissi, forse per mettere alla prova me, prima di lui, per vedere l'effetto di quelle parole sulla mia pelle. O forse per seguire un luogo comune, una pressione sociale, il desiderio meschino di prevalere su un'altra donna, la soddisfazione di costringerlo a scegliere, di preferire me alla moglie. Stavo diventando livorosa e antipatica. E la cosa più incredibile, se mi guardo indietro adesso, è che mi

ero impuntata su una cosa che non sentivo nemmeno mia. Il matrimonio non era mai stato per me un traguardo. Non come il lavoro, la gratificazione professionale, il successo. Che la presenza di Linda mi esasperasse era un danno collaterale, per il quale non avrei mai sacrificato neanche un briciolo della mia affermazione personale.

Il risultato, comunque, fu che Renzo decise di allontanarsi da entrambe, di mettere una distanza fisica tra i lati di quel triangolo che rischiava di spezzarsi in ogni momento.

E l'elezione di Nelson Mandela gliene diede modo: fu quello il primo grande servizio che lo portò in Africa.

Seguii, soltanto con la speranza di vederlo, tutta la diretta trasmessa dalla CNN *del giuramento di Madiba davanti ai grandi della Terra, che arrivarono a Johannesburg, prima, e a Pretoria, poi, per rendergli omaggio. Mentre le telecamere indugiavano su Al Gore, Hillary Clinton, Fidel Castro e Yasser Arafat, sui principi Filippo di Edimburgo e Felipe delle Asturie, io insensatamente speravo di vedere la sua faccia distratta tra la folla che acclamava il nuovo presidente del Sudafrica.*

Mi telefonò due volte, durante la trasferta, e dalla voce riconobbi l'entusiasmo di un tempo, il professionista centrato con il proprio mestiere. Lo sentivo lontano dalle discussioni che stavano inquinando la nostra relazione. Ritrovavo, invece, la passione che avevamo sempre condiviso, il mestiere inteso come missione, la priorità non detta e rispettata. Quello era il nocciolo duro del nostro amore, il nodo che ci stringeva l'uno all'altra in un prolungamento della stessa professione.

In quei giorni accompagnò l'inviato del «Corriere» a Robben Island, l'inespugnabile carcere al largo di Città del Capo, dove Mandela era stato detenuto per diciott'anni prima di essere trasferito in un altro penitenziario. Con le sue immagini, dall'esterno, riuscì a cristallizzare l'asprezza dell'isola, il vento, la solitudine di chi era costretto a viverci.

Della trasferta gli invidiai soltanto un servizio con la collega di un settimanale che intervistò James Gregory, per ventitré anni carceriere di Mandela, diventatone amico. Avrei voluto essere lì con loro per farmi raccontare in che modo Madiba, bandito dal Sudafrica, fosse riuscito a conquistare la stima e l'ammirazione del suo secondino, che gli aveva chiesto perfino di fare da padrino a sua figlia. Mi sarebbe piaciuto sentir vibrare dalla sua voce quell'energia potente e universale chiamata verità. Ero sicura che mi avrebbe lasciato qualcosa e fatto crescere, come tutti gli incontri carichi di umanità che avevano segnato la mia carriera.

Renzo non tornò subito in Italia, e immaginai volesse approfittare della trasferta per incamerare qualche reportage fotografico da rivendere al rientro, oltre che per far chiarezza e mettere ordine, se non nella sua vita, almeno nel suo cuore.

Invece stava prendendo tempo per rinforzare i contatti che gli avrebbero permesso, due settimane dopo, di entrare nel Ruanda incandescente per l'attentato al capo dello Stato che costò la vita pure al presidente del Burundi: si era innescata così la miccia al genocidio che per cento giorni quasi cancellò un intero Paese sotto gli occhi impotenti e increduli della comunità internazionale.

Riuscì a entrare partendo da Entebbe, in Uganda, dove aveva allacciato rapporti sicuri con alcuni tutsi del Fronte Patriottico Ruandese.

Qualcosa cambiò in lui, dopo quel viaggio. Qualcosa che cercai nei dettagli delle foto che avevano cristallizzato i margini dell'orrore, i delitti già compiuti con i machete. Provai a vedere con i suoi occhi i cadaveri mutilati e morsi dai pesci, estratti dal lago Vittoria con gli stessi uncini con i quali i pescatori si procacciavano il cibo che li sfamava: a Kabale, nel cimitero galleggiante sulla frontiera tra Ruanda e Uganda, in un'ora contò novantasette morti.

Avrei dovuto aspettare molti mesi prima che mi raccontasse dei bambini ai quali erano state mozzate le dita mentre tentavano di proteggersi la testa dai colpi, o delle donne costrette a uccidere i loro vicini di casa su ordine dei soldati, della madre che si era salvata perché il machete con cui l'avevano aggredita si era accanito sul figlio che trasportava sulle spalle.

Il Ruanda è il buco nero che si prese una parte dell'allegria di Renzo.

Poi rientrò in Italia. Dall'Olanda, dove fece scalo, volò direttamente a New York. Linda e il figlio rappresentarono il suo porto sicuro. Soltanto con loro, senza domande, senza ragionamenti o riflessioni da condividere, si sarebbe sentito il più lontano possibile dalla carneficina fratricida di cui era stato testimone. O, almeno, così lo elaborai io, dopo.

Prima, spaesata, ferita da quello che vivevo come un abbandono, se non un tradimento, riuscii a non sbandare soltanto grazie a Costanza, che restò al mio fianco più e meglio di una guardia del corpo. Si prese lei l'incarico di smontare i miei sensi di colpa: se lui se n'era andato – la sfinivo davanti a una birra da zeroquaranta – era perché lo avevo allontanato. Ma la mia amica non permetteva certe abbuffate di vittimismo. Piuttosto, riempiva la mia agenda di visite ai musei e matinée al cinema, colmando ogni buco libero finché non rimaneva spazio nemmeno per una lacrima. E dopo il lavoro in redazione, mi trascinava a mangiare una pizza, il risotto o la cotoletta orecchio di elefante nei locali intorno al giornale, con spregio del colesterolo e un serio attentato ai nostri portafogli.

Una volta finimmo a una festa a Villa Clerici, che nel Settecento era stata la residenza di campagna di certi signori che commerciavano la seta. Non riuscendo a trovare parcheggio, ci venne l'idea geniale di lasciare la sua macchina in quello di un grande supermercato lì vicino. Si può immaginare il nostro avvilimento quando tornammo indietro e trovammo la sbarra di accesso chiusa: neanche ci eravamo accorte che c'era, quando eravamo arrivate. Rientrammo in taxi e il giorno dopo fu lei a dover andare a riprenderla.

Quanta tenace gioia, in quella donna minuta e fortissima. Mi riempiva la testa di sciocchezze che mi facevano ridere o almeno sorridere.

Tra i suoi tanti talenti, il dono della leggerezza è quello di cui ho beneficiato di più. Era la mia fata madrina, con la sua bacchetta magica trasformava ogni paturnia in gioco.

Soprattutto grazie a lei, in fondo, ho fatto il primo passo che mi ha portata qui. Mai più lontano dalle sue reali intenzioni.

Come Pongo

Da una finestra usciva il suono di un violino. Per fortuna non è straziante, pensò Luca, che si fermò fuori ad ascoltarlo e fantasticò su chi potesse essere il musicista autodidatta. Di certo non una monaca: la casa non era collegata al monastero e poi in cappella aveva sentito soltanto il clavicembalo; a torto o ragione, escludeva che qualcuna avesse il tempo di esercitarsi con un altro strumento, tra lavoro e preghiere, neppure in quest'ordine.

L'isola non era proprio disabitata, un paio di ville erano segnalate anche su Airbnb: Luca aveva provato a simulare una prenotazione, ma le tariffe erano talmente proibitive che si era rassegnato a dormire nella foresteria.

Costretto a compiere lo stesso percorso circolare intorno all'abbazia, si sentiva un criceto nella ruota, senza vie di fuga. Osservava ossessivamente il muschio sul muro, le lastre di pietra sulla strada, le passerelle con i gelsomini attraverso le quali le monache entravano e uscivano dai laboratori artigianali.

Eppure, benché uguale a se stesso, non c'era modo di sottrarsi a quel perimetro, che continuava a calpestare un giro dopo l'altro, con l'intento furioso di trovare quelle risposte che gli avrebbero fatto capire il senso della clausura per chi l'aveva scelta. Le sue domande restavano appese a ogni targa decorativa che aggiungeva un aforisma promettente alla via del Silenzio, lasciandogli solo una gran frustrazione.

Due ghiandaie con la coda blu gli sfrecciarono accanto, dirigendosi verso le palme e le magnolie. A filo d'acqua poteva vedere i germani reali.

Estrasse dalla tasca l'ansiolitico che gli avevano prescritto al pronto soccorso sette mesi prima e che continuava a prendere occasionalmente, stando bene attento a non farsi scoprire dai colleghi al lavoro. Piegò indietro la testa e fece scendere dieci gocce sotto la lingua. Ormai lo considerava un piccolo premio, una gratificazione, niente che potesse fargli temere una dipendenza.

«Non abbia remore ad aiutarsi un po'» lo aveva tranquillizzato lo specialista che aveva confermato diagnosi e terapia della psichiatra dell'ospedale. «C'è troppa demonizzazione verso questi farmaci. In certi momenti bisogna accettare di farsi sostenere anche dalla chimica.» Però dopo quell'unica volta non ci era più tornato. A lui non serviva fare introspezione, si era giustificato con se stesso, lui doveva agire.

Inspirò profondamente, pregustando la calma morbida nella quale lo avrebbero fatto galleggiare entro mezz'ora le benzodiazepine.

Aveva poco tempo, e non aveva ancora fatto il suo lavoro. Era questo il pensiero che lo tormentava.

Lo scacciò. Osservò, piuttosto, che non c'erano cani, non ci aveva fatto caso prima. Nemmeno i turisti li avevano portati, quel giorno, quando erano arrivati per mangiare nell'unica trattoria dell'isola e visitare le spoglie del santo. Alla fine era andato pure lui a vederle: san Giulio disteso dentro la teca di vetro lo aveva vagamente turbato. Gli affreschi sulle campate della basilica, però, erano meravigliosi, abbagliavano i visitatori.

Scese per le scale e si spinse fino all'attracco delle imbarcazioni, deserto a quell'ora del pomeriggio: nessuno sarebbe tornato fino al mattino dopo. Quella constatazione aumentò il suo senso di solitudine. Si sedette sui gradini che sprofondavano nel lago. Si tolse i mocassini e immerse i piedi nell'acqua, stando attento a non bagnarsi i pantaloni. Davanti all'azzurro del cielo, allo specchio dell'acqua, alle case e alle colline, davanti alle infinite possibilità che il futuro per certo gli riservava, volse lo sguardo nel luogo che più lo smarriva: dentro se stesso.

Sapeva da sempre di essere stato adottato. Un'informazione normale, assimilata dal suo cervello come il colore degli occhi, verdi, e dei capelli, rossi. «Sei arrivato come un dono, un gesto d'amore» gli ripetevano in casa da che potesse ricordare.

Da bambino non capiva il nesso sul quale poi si sarebbe arrovellato crescendo, l'incongruenza insanabile tra un abbandono e un dono. Addirittura, un gesto d'amore. Il suono delle parole era bello, lo collegava al Natale, a qualcosa che arriva dopo averlo aspettato tanto, che hai desiderato e sognato e quando lo scarti è esattamente come lo avevi immaginato, se non più bello.

Non aveva mai mostrato curiosità particolari sulle sue origini, salvo interrogarsi talvolta sui dettagli. Come le dita dei piedi storte.

«Ah, non guardare me, quello è un difetto di fabbrica» gli aveva risposto scherzando la madre quando le aveva domandato perché nessun altro in famiglia le avesse così.

«Anche la mamma della pancia ha le dita storte?» aveva chiesto allora.

«Chi lo sa, forse. O magari il papà.»

Un'altra volta Susanna lo aveva sorpreso che si guardava allo specchio più grande, sull'armadio della camera da letto dei genitori.

«Che fai? Guardi quanto sei bello?» gli aveva chiesto stampandogli un bacio sulla testa.

Lui era rimasto in silenzio. Poi, dal niente, se n'era uscito con: «Ma io a chi somiglio?».

La sorella era rimasta interdetta. Non avevano mai toccato quell'argomento in famiglia. Poi, per non dargli l'idea di attribuire troppa importanza alla sua domanda, e al non detto che implicava, aveva replicato: «Tu a chi vorresti somigliare?».

Allora lui si era preso qualche secondo per pensarci. E con un sorriso da un orecchio all'altro, aveva esclamato: «A te!».

Susanna l'aveva abbracciato, intenerita dalla dichiarazione d'amore del fratello.

«Sei contento di essere capitato in questa famiglia?»

«Certo che sono contento.»

Lei gli aveva preso il viso tra le mani e aveva aggiunto: «Bene, perché io sono super felice di averti ricevuto in dono».

«Susanna...» accennò lui.

«Dimmi.»

«Però un giorno mi porti a vedere dove sono nato?»

La domanda l'aveva disorientata.

«Non vuoi andarci con mamma e papà?»

«No, con te.»

Che suo fratello si affidasse così ciecamente a lei l'aveva commossa, facendole sentire il peso della responsabilità. Aveva inspirato in modo solenne, si era abbassata alla sua altezza e gli aveva messo le mani sulle spalle, guardandolo dritto negli occhi.

«Te lo prometto.»

Lui le si era gettato tra le braccia.

Qualche mese dopo in casa era arrivato Pongo. Erano andati insieme a sceglierlo: lui e la sorella mitologica che esaudiva ogni suo desiderio.

Erano giorni che in casa si parlava del trasloco di Susanna in un altro ateneo. Ma Luca era più concentrato sui discorsi che riguardavano l'ingresso imminente di un nuovo componente della famiglia, il cagnolino che aveva visto con sua sorella. Era eccitato all'idea di quel nuovo giocattolo animato che avrebbe potuto dormire nella sua stanza, permesso incredibile spuntato senza dover troppo insistere con i genitori.

Già quello avrebbe dovuto insospettirlo, ma a otto anni non conosci il sospetto, è tutta una scoperta e una conquista. Un cane era il sogno che per incanto, grazie a Susanna, stava per diventare realtà.

Lo aveva individuato subito dietro la gabbia, le orecchie e le zampe caramello che sbucavano sul resto del corpo color miele, gli occhi diffidenti, il pelo corto, ma morbido. Lo aveva scelto senza pensarci, d'istinto. Ed era tornato a prenderlo con il padre e con la madre, quando Susanna era già partita. Non appena lo aveva visto, il cane lo aveva riconosciuto e gli era andato subito incontro.

La stessa notte, però, Luca aveva scoperto che Pongo non era un pupazzo di pezza.

Al buio guaiva di continuo, ricordando chissà quali sevizie che al canile si erano ben guardati dal riferire.

Pongo non lo aveva fatto dormire per altre tre notti di fila. Troppo, pure per il bambino più desideroso al mondo di un nuovo amico a quattro zampe. Ma soprattutto, soltanto adesso Luca capiva che portarsi a casa il cane nascondeva il baratto impossibile con la presenza della sorella, di cui per contrasto sentiva ancor di più la mancanza. Non avrebbe mai accettato, se avesse immaginato una sproporzione del genere.

«Ma perché piange sempre? Non mi fa dormire» si era lamentato a colazione dopo quelle notti trascorse in un continuo dormiveglia.

«Si deve abituare, è spaventato» aveva risposto la madre versandogli nella tazza le palline di cereali al cioccolato, le sue preferite.

«Io non lo voglio più Pongo» era sbottato alla fine, mentre il cane, in un angolo della cucina, lo guardava con le orecchie basse.

«Ma cosa dici, Luca?» lo aveva rimproverato la madre.

«E Susanna? Perché non torna?» aveva chiesto spostando da una parte all'altra il cucchiaio dentro la sua tazza.

«Susanna è a Bologna, lo sai, sta studiando. Tornerà nel fine settimana, te lo ha promesso.»

«Ma non poteva continuare a studiare a Milano?»

«Avrebbe potuto, ma non sarebbe stato giusto. Quando crescerai, sceglierai anche tu dove studiare e cercheremo di aiutarti come abbiamo fatto con tua sorella.»

«L'ho fatta arrabbiare? Se n'è andata via per colpa mia?» aveva piagnucolato.

«Ma cosa vai a pensare, sciocchino. Come ti è venuto in mente?» Valeria si era avvicinata al figlio, accarezzandogli i capelli.

«Chi me le racconta adesso le storie per farmi addormentare?» aveva insistito lui.

«Adesso le racconterai tu a Pongo. Hai scelto un cagnolino dolcissimo, guardalo lì.» E aveva preso in braccio il nuovo ospite per fargli un po' di coccole davanti al figlio.

Ma Luca aveva scagliato il cucchiaio sul tavolo, facendo schizzare il latte sulla tovaglia. Era scattato in piedi rovesciando la sedia ed era corso in camera sua, lasciando a bocca aperta la madre e il padre, che era entrato in cucina giusto in tempo per vedere la scena.

«Non lo voglio più!» aveva strillato prima di sbattere la porta e buttarsi sul letto.

Piero lo aveva seguito con lo sguardo, già scuro in volto. Luca era ancora un bambino, avrebbe compiuto nove anni il mese dopo. Ma il padre aveva deciso di trattarlo da adulto.

Aveva sentito i suoi passi avvicinarsi e la voce ferma con cui lo stava chiamando gli aveva ricordato la volta che aveva acceso un fuoco in giardino, giocando con una scatola di fiammiferi, e aveva rischiato di far scoppiare un incendio. Si era beccato due sculaccioni, che gli bruciavano ancora: i genitori non avevano mai alzato le mani contro di lui e solo da grande avrebbe capito che quei colpi erano stati un riflesso condizionato, innescato dall'angoscia che potesse farsi male, ustionarsi, perfino morire.

«Luca, sto parlando con te» lo aveva chiamato di nuovo Piero mentre entrava nella stanza. Il figlio aveva avuto paura di prenderle ancora una volta. D'istinto, aveva abbassato lo sguardo sul copriletto, preparandosi al peggio.

Ma il padre era rimasto fermo sul tappeto, con i piedi ben piantati sui protagonisti della *Carica dei 101* intrecciati nel cotone. I camion e i Lego erano ammassati su un lato, una minicucina con le pentole e gli ortaggi di plastica ammuffiva contro il muro di fronte alla porta. Le foto fatte al mare e sulla neve erano appese in ordine cronologico: ce n'erano con tutta la famiglia, poi Luca da solo, e lui con la sorella.

Piero lo guardava severo, stava covando un discorso affilato.

«Anche tu sei stato adottato come Pongo. Lo hai sempre saputo, no?»

Luca aveva aggrottato la fronte, stringendo gli occhi. Cosa c'entrava quello adesso?

«Anche tu piangevi la notte. Tutte le notti. Tua madre non chiudeva occhio per cullarti, pure Susanna si svegliava, e la mattina doveva andare a scuola.»

Luca continuava a tormentare un piccolo foro sul copriletto, provando a infilarci l'indice. Non era sicuro, ma sentiva che stava per arrivare qualcosa di brutto, forse non uno sculaccione e nemmeno un ceffone, ma intuiva l'onda d'urto di un colpo, anche se non lo vedeva e per lui era più una sensazione.

«Ti immagini se dopo una settimana che eri in casa con noi ti avessimo riportato indietro dicendo che non ci facevi dormire?»

Gli era scappato un poco da ridere. Non era possibile: un bambino non si poteva restituire, mica era un cane.

«Non ridere.» La voce di Piero suonava asciutta. «Abbiamo deciso di accoglierti e di amarti prima ancora di sapere che faccia avessi o come saresti diventato. Non lo sappiamo nemmeno adesso come sarai, cosa diventerai. Ma non abbiamo mai pensato di mandarti via di casa, mai. Quel dono che ci è stato fatto nel mese di novembre per noi è rimasto preziosissimo.»

Luca era rimasto in silenzio.

Non si era mai immaginato fuori dalla sua famiglia. Per lui non c'era mai stato un prima, dell'essere con loro. Lui era il figlio di Piero e di Valeria, il veterinario e la professoressa di lettere, ed era il fratello di Susanna, la ragazza più bella del quartiere.

Lui era un dono. Un gesto d'amore.

Giulia

Il lavoro mi faceva da anestetico, anche se ora mentre scrivo non saprei scegliere nessuna trasferta come promemoria di quei mesi. Mi svegliavo, sbrigavo le faccende, se proprio avevo il frigo vuoto uscivo a fare la spesa, cercavo di star dietro al minimo sindacale per non far crollare la casa in cui vivevo.

Già dalla mattina avevo qualcosa da seguire in città e in redazione arrivavo nel primo pomeriggio, per poi uscirne la sera tardi. Le rare volte in cui non ero già impegnata su un pezzo prima di pranzo, trascorrevo quelle ore tranquille alla mia scrivania sfogliando i quotidiani locali per cercare spunti da proporre al caporedattore.

Le piccole storie si intrecciavano sempre alla grande Storia, come quando dal carcere di Bollate vidi il Brasile battere ai rigori l'Italia nello stadio di Pasadena alla finale dei mondiali di calcio. Nel momento in cui dovetti lasciare i miei effetti personali all'ingresso dell'istituto mi assalì l'ombra della claustrofobia, con la quale temo che i detenuti convivano ogni giorno. Ma il mio tentennamento iniziale fu compensato dal clima di partecipazione che aleggiò per tutta la durata dell'incontro. La mia presenza fu tollerata con curiosità, ma il risultato sfavorevole non li incoraggiò a chiedermi di tornare.

I grandi fatti internazionali mi scorrevano davanti da lettrice, mentre io onoravo il mio patto di lealtà con i lettori entrando nelle loro case per raccontare drammi minori o traguardi straordinari, che per la durata di un'edizione trasformavano le persone comuni in personaggi.

Renzo mi mancava. E io tamponavo la tristezza con il lavoro. Ma un servizio soltanto si incise dentro di me, lasciando un segno indelebile. Ne avrei sentito il richiamo nei mesi, come una promessa ripetuta all'orecchio, un abbraccio silenzioso di cui avrei continuato ad avvertire il calore a distanza di tempo.

Fu merito di Costanza, in qualche modo, se feci quell'esperienza, e di una sua intuizione rivelatrice. Anche se l'imbeccata, a dire il vero, l'ebbi da un monaco che avevo intervistato nella comunità di Bose.

La mia amica mi aveva incoraggiata a proporre dei servizi «svuota testa», come li chiamava lei, di cui fossi semplicemente curiosa, senza l'ambizione di voler cambiare il mondo o renderlo migliore. Voleva che scrivessi di luoghi divertenti, posti da raccontare con il privilegio di goderne io per prima, grazie alla mia professione.

Facemmo brainstorming davanti a un moscow mule e ho bene in mente il momento in cui alla sua proposta scandalosa di un reportage nel villaggio di scambisti di Cap d'Agde, in Francia, replicai sganciando la bomba: ventiquattr'ore da monaca in un'abbazia benedettina, raccontate in presa diretta. A ogni suo no, replicavo con i miei sì irriverenti: sì a stare lontano dalla città, sì a stare lontano dalla redazione, sì a stare lontano dalle rotture di scatole e dai pensieri malmostosi. Spuntarla sulle sue obiezioni diede alla mia vittoria un gusto particolare e mi consegnò l'energia giusta per ottenere dal capo il via libera alla mia proposta morigerata.

È quello il retroscena del mio primo ingresso nell'abbazia Mater Ecclesiae sull'Isola di San Giulio, il luogo che mi ha cambiato la vita.

Salii sulla barca che mi avrebbe portata dalle monache benedettine una mattina di settembre, con un misto di curiosità e di paura, non sapevo cosa aspettarmi. Il viaggio fu breve, meno di cinque minuti, e quel tempo lo impiegai per decifrare il viso degli altri passeggeri e capire cosa li stesse conducendo lì. Non certo un servizio giornalistico, e nemmeno una vocazione. La coppia di fidanzati seduta di fronte a me litigò per tutto il tempo, strappandomi un sorriso di nostalgia, perché mi ricordò una vacanza fatta con Renzo un anno prima.

Eravamo partiti per Barcellona seguendo la suggestione del modernismo catalano e avevamo definito un piano intenso che prevedeva almeno la visita del Parco Güell, di Casa Batlló e, naturalmente, della Sagrada Familia. Dormivamo in un hotel romantico sul monte Tibidabo, lontano dal centro, ma in una posizione panoramica che aumentava l'impressione di essere in luna di miele. Uno scenario perfetto fino al momento in cui lui non era entrato nel panico perché da tre giorni non riusciva a parlare con Linda e temeva le fosse successo qualcosa.

Probabilmente la moglie si stava negando al telefono per dispetto, per quel che mi riguardava poteva pure bruciare all'inferno e fu quello che gli dissi quando pensò di potersi sfogare con me, come se fossi la sua migliore amica e non la sua amante da questa parte dell'oceano. Non mi aveva mai vista così arrabbiata. Immagino che la mia furia non fosse scatenata soltanto da quel piccolo episodio, tutto sommato ragionevole. La rabbia che accantonavo da anni era esplosa appena Renzo me ne aveva dato l'occasione, quando la nostra bolla era stata intaccata dall'invasione reale della moglie.

Uscii dalla stanza sbattendo la porta, senza dirgli dove stavo andando. E nel tragitto sulla navetta che dall'albergo mi portava in città, continuai a ribollire della mia insoddisfazione, scoprendomi, con grande fastidio, gelosa di una moglie della quale avevo sempre saputo l'esistenza, non potevo certo lamentarmene adesso.

Se alla Sagrada Familia ci andai da sola, e questo si poteva anche mettere in conto, non fu scontato l'epilogo, quando a un semaforo di Passeig de Gràcia, mentre tenevo tra le mani una mappa per capire in quale direzione fosse Casa Batlló, mi trovai davanti Renzo che chiese: «Ha bisogno di aiuto?» come se fossi una turista che si era persa. Vorrei poter dire che risposi di sì e che trascorremmo il resto della giornata insieme. Ma a Barcellona qualcosa si spezzò. Ci ritrovammo in albergo per cena, cercando come potevamo di riparare con la colla d'oro dei nostri sentimenti il vaso che si era appena rotto.

In monastero entrai in punta di piedi e trascorsi trenta ore immersa nello spirito di raccoglimento che animava l'abbazia. Ogni mio gesto fu accompagnato da una nuova consapevolezza, che sembrò ridare significato alla mia vita. Non so in che modo il silenzio cominciò ad agire dentro di me, ma mi lasciò una sensazione, prossima alla certezza, che non c'è niente di troppo importante, di troppo difficile da affrontare, di così doloroso da non poter trovare ristoro e consolazione.

Salire le scale per raggiungere la mia cella, mangiare nel refettorio ascoltando le letture dall'interfono, seguire in ginocchio la litania delle preghiere che scandivano la giornata, fissare il lago libera dai pensieri, diventarono gesti consapevoli che oggi rivedo illuminati dall'incanto, da una tenerezza inedita, eppure naturale, come se mi fosse sempre appartenuta.

Durante quel soggiorno conobbi Francesca. Serviva alla tavola dei pellegrini. Era nel periodo di discernimento vocazionale, quando si cerca di capire se quella monacale sia la propria strada. Lavorava nello studio di un commercialista a Piacenza. Aveva trascorso sull'isola tutti i fine settimana e le ferie dell'ultimo anno e adesso aveva appena preso un'aspettativa di sei mesi, per dare inizio al suo postulandato, al termine del quale avrebbe fatto domanda per la vestizione e per essere ammessa all'anno di noviziato canonico.

Ancora non aveva parlato con nessuno, in ufficio, del suo vero intento, sentiva che l'avrebbero giudicata senza provare a comprenderla. «Alla tua famiglia lo hai già detto?» non riuscii a non chiederle mentre ci allontanavamo insieme dalla cappella dopo un momento di preghiera. «Loro lo sanno. Mia madre è contenta, mio fratello è smarrito. Succede. Può capitare pure che i tuoi amici di una vita ti voltino le spalle. Ecco perché devi essere pronta a tutto, quando decidi di entrare. Ed è il motivo per cui la badessa vuole che ognuna di noi trascorra qui molto tempo, prima di pronunciare i voti temporanei, che devi rinnovare per altri due anni. Dopo, ti aspettano i voti definitivi.»

Mi guardava intensamente, mentre mi parlava, come se di me sapesse già tutto, anche cose che io nemmeno immaginavo.

«Io non potrei mai» replicai «sono troppo peccatrice.»

«Gesù ama i peccatori!» mi rispose sorridendo.

«Beh, ma io persevero, sono diabolica» scherzai.

Lei non si scompose e promise che a cena mi avrebbe portato una cosa. Di sera, quando ci ritrovammo di nuovo nel refettorio, senza farsi vedere dagli altri mi mise in mano un astuccio nero, sussurrando: «A me non serve più, ora usalo tu». Tornata in camera lo aprii e ne estrassi un rosario di quarzo blu.

Mi arrovellai a lungo su quelle parole, che sembravano una contraddizione. Come può un'aspirante monaca non avere più bisogno di un rosario?

Durante l'intervista che feci alla badessa trovai il modo di raccontarle un po' di me e in quelle ore si aprì il canale che ci avrebbe unite negli anni. Scoprii una donna pragmatica, ma profonda, capace di andare dritta al cuore delle cose.

Il mattino dopo, mentre rientravo a Milano in macchina, mi resi conto di non voler accendere l'autoradio. Desideravo conservare dentro l'abitacolo, e nel mio cuore, la pace che avevo trovato in monastero.

Provai a restituirla ai lettori scrivendo il mio reportage. E mai come per quel servizio ricevetti tante lettere.

Mi ripromisi di ritornare presto.

Sarebbero passati altri cinque anni.

Il segreto
(settembre 2008)

Susanna mentì la prima e unica volta ai genitori poco dopo essere andata a vivere a Bologna. E a Luca non ci volle molto per capirlo, quando se la ritrovò fuori dalla scuola appoggiata alla portiera di una Panda, con le braccia conserte e una gamba incrociata all'altra.

Un lampo di felicità gli attraversò gli occhi, ma il tradimento per essere stato abbandonato con lo stratagemma del cane gli bruciava ancora, e non voleva darle la soddisfazione di mostrarsi contento. Così si voltò verso i compagni di classe ancora sul portone, intrattenendosi inutilmente con loro. Quando anche l'ultimo andò via, si mise le mani in tasca e avanzò verso la sorella con indifferenza, come se non si fosse accorto che lo stava aspettando.

«Ce ne hai messo di tempo! Non volevi più venir via dalla scuola? Quest'anno ti piace proprio!» lo accolse lei scompigliandogli i capelli.

Luca allontanò la testa, infastidito.

«Di chi è la macchina?» chiese svogliatamente.

«Di un mio amico, non lo conosci.»

«Ma non eri a Bologna?»

«Mi mancava troppo il mio fratellino.»

«Tu non mi manchi.»

«Lo so, infatti sono qui per me, mica per te. Andiamo in un posto speciale? Dai, monta su.»

Al padre e alla madre aveva giustificato il suo rientro anticipato con il desiderio di stare un po' con il fratello, che nelle ultime settimane era diventato inquieto. Li aveva chiamati la sera prima per avvisarli di non mandare la baby sitter a prenderlo a scuola. Dopo il suo trasloco, e il difficile ingresso in casa di Pongo, Luca non aveva più voluto parlare con lei al telefono. Quando il padre o la madre lo chiamavano perché la salutasse, lui si fingeva impegnato. Se proprio lo costringevano, le parlava a monosillabi, otto secondi, dieci, lo stretto necessario per accontentare i genitori. La prospettiva che trascorressero un pomeriggio insieme da soli era sembrata a tutti una buona idea.

«Perché sei venuta con questa macchina?»

«È una sorpresa. Anzi, è il mio regalo anticipato per il tuo compleanno.»

Luca cominciava a incuriosirsi.

«Andiamo lontano?» le chiese un po' titubante.

«In un posto segreto, non lo devi dire a nessuno.»

«Nemmeno a mamma?»

«Soprattutto a lei!»

La faccia di Luca, finalmente, si distese. Continuava a schiacciare la fronte sul finestrino, ma ormai non nascondeva più il sorriso largo.

«Prima tappa, McDonald's!» annunciò trionfante Susanna. E guidò fino a un McDrive dove non erano mai stati prima.

«Ma dove mi porti? Nella tua casa nuova?» chiese lui sempre più confuso.

«No, è troppo lontano.»

«Andiamo al Museo della scienza e della tecnica?»

«Acqua.»

Ora gli mancavano i punti di riferimento.

«Sei sicura che possiamo?»

«Gesù santo, Luca, quanto sei noioso! E comunque se devi fare la spia dimmelo subito che ci fermiamo qui, mangiamo e torniamo indietro.»

«No, no, te lo prometto.»

«Ecco, sarà meglio: questo è il nostro segreto.»

Quando imboccarono l'uscita per l'autostrada, Susanna se ne uscì con: «Oggi andiamo a vedere dove sei nato».

Il silenzio riempì l'abitacolo. E in pochi minuti divenne saturo di un'attesa prossima alla felicità.

Poi lei accese la radio e furono solo canzoni, risate, patatine che passavano da una mano all'altra. Ogni tanto Luca chiudeva gli occhi e si appoggiava allo schienale, per godersi quella gioia che non avrebbe saputo spiegare a parole: sentirsi amato dalla sorella più bella e forte del mondo.

In un'ora arrivarono a Borgomanero, attraversarono un fiume, si inoltrarono nelle strade strette della cittadina finché Susanna parcheggiò all'ingresso del pronto soccorso, in un piccolo spiazzo anonimo.

In quel momento Luca si irrigidì.

«Non vuoi venire?» gli chiese, sfiorandogli la mano.

Fece sì con la testa, ma rimase seduto.

«Bisogna che scendi, però. Dai che ti aiuto.»

Gli slacciò la cintura di sicurezza e si allungò sopra di lui per aprirgli la portiera. Luca la trattenne, aggrappandosi alla felpa.

«A mamma e papà, allora, non lo diciamo, vero?»

«No. Te l'ho detto prima: è il nostro segreto.»

Annuì con fare solenne.

Entrarono mano nella mano nell'atrio del reparto di ostetricia. Da un lato, si affacciavano le sale parto. Le riconoscevi dal cartellone con una cicogna che indossava i copriscarpe verdi e teneva un neonato appeso al becco, avvolto in un fazzoletto. Dal lato opposto, si accedeva alla neonatologia. Susanna sapeva che in quel reparto venivano portati non soltanto i bambini che avevano bisogno di cure dopo la nascita, ma pure quelli destinati all'adozione, perché non sarebbero potuti restare in corsia assieme agli altri. Ne aveva parlato con la ginecologa, con la scusa di inquadrare meglio la storia del fratello.

La porta d'ingresso era chiusa, bisognava citofonare per entrare. Mentre stava pensando a quale scusa inventarsi, un'infermiera uscì e se li trovò davanti.

«Cercate qualcuno?»

«Veramente ci piacerebbe sbirciare come è fatto dentro. Siamo appena stati sopra a trovare nostro cugino appena nato e mio fratello si è incuriosito. Da grande vuole fare l'ostetrico, sa?»

«Davvero? Non ce ne sono molti. È un bellissimo mestiere.»

Luca non rispose, paralizzato dalla sortita della sorella.

«È un timidone. Non possiamo almeno affacciarci? Qui con lei, solo un secondo» insistette.

«Di norma non è possibile, ma in questi giorni non c'è nessuno ricoverato. Venite con me. Solo un'occhiata, però, e soltanto perché così questo giovanotto comincia a familiarizzare con il futuro luogo di lavoro.»

Susanna sfoderò il suo sorriso migliore, trascinandosi dietro il fratello, appeso alla sua mano.

Dal soffitto pendevano due cicogne di legno, con le ali spiegate. Nello stanzone c'erano le incubatrici e le culle, coperte da tende spioventi gialle o blu. Una grande scrivania ovale era al centro.

«Ti piace?» chiese l'infermiera rivolta al bambino.

«Sì, è bello» rispose lui questa volta, affascinato dalle tende, che gli ricordavano quelle degli indiani.

«Allora ci rivediamo tra qualche anno, va bene?»

«Sì» disse in un soffio, e si avviarono tutti insieme verso l'uscita. La sua mano sudata restava salda in quella di Susanna.

«Sotto una tenda hai dormito anche tu, sai?» gli disse lei quando furono in macchina.

«Dici?»

«Sono super sicura, non lo dico e basta.»

«La blu o la gialla?»

«A te quale sarebbe piaciuta di più?»

«Non lo so. Ma lei non c'era?»

«Lei chi?»

«L'altra mamma. La mamma della pancia.»

«No, lei era già partita. Ma prima aveva chiesto di cercarti i più bravi genitori del mondo. E solo quando glielo hanno garantito, se n'è andata.»

«E perché non poteva restare?»

«Questo è un segreto tutto suo. Però non è partita finché non ha saputo che avevano trovato mamma e papà.»

Per tutto il viaggio di ritorno non parlarono più. Susanna non gli fece altre domande, quella visita doveva elaborarla da solo. Soprattutto, voleva capisse che lei non lo avrebbe mai abbandonato. Gli aveva fatto una promessa e l'aveva mantenuta, anche se era andata a vivere da un'altra parte.

Lo lasciò ai suoi pensieri e mise un CD con le sigle dei cartoni animati. Luca alzò il volume quando partì quella di *Dragon Ball Z*.

Giulia

Da un certo punto in avanti, con Renzo fu un tira e molla continuo. Avremmo potuto chiudere dopo il Ruanda, in fondo ne avevamo avuto l'occasione. Ma gli affari di cuore non sono mai stati il mio forte. Lui tornava e io lo accoglievo. Poi ripartiva e io lo aspettavo.

Andammo avanti così per altri due anni.

Ad agosto del 1996 fui dimenticata, letteralmente, dal giornale mentre mi trovavo a Lignano Sabbiadoro, sulle tracce di Unabomber. La suggestione di Atlanta, del pazzo che pochi giorni prima aveva fatto esplodere una bomba in un parco cittadino durante le Olimpiadi, era troppo forte per non farci piombare tutti sul povero carrozziere di Domodossola che vide brillare il manico di un ombrellone al primo giorno di ferie perdendo due falangi.

Mi toccò la solita trafila, le dichiarazioni dei turisti, le interviste agli scrittori di noir che provavano a immaginare fantomatici retroscena, le ipotesi degli investigatori, più concrete di quelle degli altri. Fu allora, per la prima volta, che si insinuò dentro di me il dubbio sul senso del mio mestiere.

Non mi ero mai posta domande, le avevo sempre fatte io agli altri. Avevo inteso la professione di giornalista come una missione, e lo penso anche oggi. Le avevo dato la priorità su tutto, nella mia vita. Avevo saltato matrimoni, pranzi di famiglia, cene con gli amici, battesimi, compleanni, senza mai sentirmi manchevole o in colpa. Il mio lavoro non mi sembrava diverso da quello dei chirurghi o delle ostetriche, anche se io non operavo a cuore aperto e non aiutavo i bambini a nascere. Sentivo la mia responsabilità nei confronti dei lettori, ero al loro servizio, il mio imperativo categorico era raccontare i fatti con il limite del mio sguardo, certo, ma restando fedele a ciò che vedevo.

Eppure, quelle settimane trascorse in Friuli-Venezia Giulia cominciarono a sembrarmi perse, inutili. Al di là della cronaca, che avevo esaurito al sesto giorno, cominciai a trovare insopportabile dover restare lontana dalla mia casa, da un'altra vita possibile, soltanto perché nessun vicedirettore si degnava di reclamare la mia presenza al giornale.

Renzo quel mese era rimasto in America e l'unica a sopportare le mie lamentele fu Costanza, la mia preziosa, fedele amica. La sera ci tenevamo compagnia per telefono, protestando dai nostri angoli d'Italia. Lei, per le angherie dei colleghi della redazione politica dove si era appena spostata a fare desk: l'annoiava disegnare le pagine con i grafici, chiamare i colleghi per assegnare i pezzi, fare i titoli e pianificare i temi per la riunione; ma aveva accettato quel passaggio di ruolo perché implicava una promozione, e poi perché si era stufata delle beghe politiche milanesi e il salto al nazionale la stimolava. Io mi lagnavo per la vita nomade, di cui pativo il peso ogni giorno di più.

Il mio fotoreporter tornò alla carica alla fine dell'estate. I nostri spizzichi e bocconi soddisfacevano sempre meno la mia vita già insoddisfatta. Probabilmente neppure lui era appagato, ma dalla sua posizione in difetto cercava almeno di non lamentarsi. Affidare a un'altra persona la nostra felicità è una pretesa perdente e pericolosa. Il mio sguardo su di lui rifletteva inesorabilmente il cambiamento che mi stava erodendo. Renzo non stava facendo niente di sbagliato, salvo non cambiare niente, come era sempre stato.

Adesso ero io a scoprirmi meno tollerante, più impaziente. Mi lasciava perplessa qualcosa nel modo in cui parlava. Non trovavo divertente la battuta in dialetto milanese, sempre la stessa, sul formaggio da mangiare a fine pasto: «La buca l'è minga straca se la sa no de vaca». Abbozzavo, non gli dicevo come mi sentivo. Non ero più sicura di volere quello che avrebbe potuto offrirmi.

Lavorammo ancora insieme, e questo per certo aumentò la confusione, mescolò le carte così tanto da non permettermi di capire dove finiva il dovere professionale e iniziava l'amore, o viceversa.

Un piccolo servizio divertente dall'epilogo disastroso fu la visita di Lady D a Rimini, ospite del centro ricerche Pio Manzù, per un convegno sulla salute. Mi sembrava incredibile che avessero pensato a lei per quell'occasione e, ancor di più, che lei avesse accettato di partecipare. Alla principessa sarebbe toccato un discorso filantropico sulla «sfida della terza età». Inspiegabile, considerando che aveva trentacinque anni. Ma grottesco, a rileggerlo con il senno di poi, visto che sarebbe morta l'anno dopo nel tunnel dell'Alma, a Parigi, accanto al suo ultimo amore, Mohamed Al-Fayed.

Mi divertii molto a cercare di carpire dettagli impossibili dalle parrucchiere dove l'ex moglie del principe Carlo era andata a farsi la messa in piega, o le curiosità sulla vestaglia a righe blu, rosse e bianche che indossava nella suite del Grand Hotel di felliniana memoria. Renzo, per lo stesso servizio, era impegnato su tutt'altro fronte. Lui doveva catturare le immagini dei vip di allora, Vittorio Sgarbi con la fidanzata Elenoire Casalegno, l'economista Edward Luttwak al fianco della giornalista televisiva Carmen Lasorella, Nicholas Negroponte, Enzo Biagi e Christiaan Barnard, tutti insieme appassionatamente per quel ridicolo vertice.

Lady D arrivò alla cena esclusiva per trecentocinquanta invitati a bordo di una Mercedes che, scrivemmo, era stata acquistata all'asta ed era appartenuta a Raul Gardini. Evidentemente non le portò fortuna.

Con Renzo, quella notte, litigammo. Stavamo commentando lo sguardo della principessa, che in fondo non ci sembrava così triste come la raccontava la stampa internazionale, semmai timida, gentile, attenta. Lui fece un'osservazione antipatica su Camilla, l'«usurpatrice», e mi ferì la superficialità con cui lo disse. Mi impuntai per dispetto, non tanto perché le sue parole mi avessero davvero colpita. Ma sfruttai quell'opportunità per far sfogare i nervi. Io non ero forse come Camilla? gli gridai. Non stavo usurpando il posto di Linda?

Non si aspettava una reazione così sproporzionata. Stai calma, disse, che bisogno hai di gridare? E io gli risposi male, aggrappata a quell'uscita stupida per imbandire un processo alle intenzioni. Gli rinfacciai il tempo che mi aveva fatto perdere, gli anni più belli e fertili della mia vita. Usai quella parola con cattiveria, fertilità, ben sapendo che non avevamo mai parlato di un figlio, non avevo mai espresso quel desiderio. Ma sentivo un bisogno cieco di punirlo, non sapevo nemmeno io bene per cosa. E in un moto di stizza mi sfilai l'orologio del padre e glielo gettai addosso, sul letto.

Mi pento ancora delle mie parole, scelte apposta per ferirlo: «Te l'avevo detto che era meglio se lo davi a tuo figlio». Poi, con più durezza di quanta non volessi, chiusi la porta a ogni possibile riconciliazione: «La nostra storia finisce qui, e non ne parleremo mai più». Gli chiesi di non farsi trovare al mio rientro e uscii per far sbollire la mia rabbia.

Lo avevo lasciato senza parole, e non gli succedeva spesso. Ma non cercò di trattenermi. Per quanto tagliente, una parte delle cose che gli avevo detto era vera. Senza un'alternativa da propormi, se ne andò, come gli avevo chiesto.

Tornai a Milano in auto, lui credo prese il treno. Non lo vidi più per due anni. L'orologio lo portò a Costanza. Chiese a lei di ridarmelo, perché ormai apparteneva a me. E la fitta di dolore che provai quel giorno fece riaprire una ferita mai chiusa.

La mia amica me lo portò una domenica che l'avevo invitata a pranzo a casa. «Stai traslocando e non mi hai detto niente?» domandò facendo lo slalom tra quattro scatoloni. «Sto solo facendo ordine. Do via un po' di libri e di vestiti, non sapevo più dove mettere le cose.»

Allungò il pacchetto sotto il mio naso al momento del dolce, una crostata che aveva preparato lei con la marmellata fatta da sua mamma con i fichi dell'orto in Calabria.

«Mi è sembrato abbacchiato, mi ha pregato di riportartelo» mi disse con un tono di compassione che

tradiva da che parte stesse. Presi il pacchetto senza scartarlo e me lo rigirai tra le mani. «Costanza, che cos'ho che non va?» le chiesi. «Mi sembra di averlo provocato apposta, di aver creato da sola tutta questa sceneggiata» ammisi tra il dispiacere e lo sconforto, senza riuscire a inquadrare bene il mio stato d'animo. «Sei stanca, Giulia, vedrai che passa» provò a tranquillizzarmi. Con l'indice mi grattò il dorso della mano, poi con allegria batté le mani due volte. «Dai, fammelo rivedere questo bell'orologio. E adesso scopriamo se davvero resiste sott'acqua.» Si era già alzata in piedi diretta verso il lavello. «Io insapono e tu sciacqui» ordinò.

Era tipico suo. Ridimensionare, non drammatizzare. Con una battuta metteva un punto e a capo a ogni cosa. E poi ripartiva da lì, guardando avanti.

Il cerchio si chiude

Madre Maria Benedetta lo aveva appena raggiunto trafelata nel loro solito angolo nel parlatorio di San Benedetto, la sala più grande dedicata ai colloqui. Non era magra, non era grassa. Forse un po' appesantita dall'assenza di attività fisica. In monastero, del resto, si mangiava bene, Luca lo aveva sperimentato: il cibo era semplice, ma gustoso. A ogni pasto servivano un primo, il secondo, almeno due contorni e la frutta. Con il caffè talvolta offrivano anche i Camporelli, quei leggerissimi biscotti di Novara fatti con le uova, lo zucchero e la farina di frumento.

«Di cosa vuoi parlare adesso?» gli chiese la badessa guardando l'ora per calcolare i tempi.

«Avevamo cominciato a parlare del suo lavoro di giornalista. Mi piacerebbe continuare su quell'argomento. Penso sia bello riuscire a raccontare che chi ha scelto di stare qui aveva una vita, prima di decidere di trasferirsi.»

«Lo fai sembrare un trasloco» obiettò con ironia la madre superiora.

Luca arrossì. «Non volevo essere irriverente.»

«Lo so, ci mancherebbe. Non ho resistito a puntualizzare, perdonami. Chiedi pure.»

Lui non si fece distrarre da quel piccolo inciampo. La scaletta delle domande, questa volta, l'aveva chiara davanti a sé. Sapeva dove voleva portare la monaca.

«Sarei curioso di sapere come ha vissuto, da dentro il monastero, eventi come l'attacco alle Torri Gemelle o la morte di Giovanni Paolo II, il terremoto dell'Aquila o quello dell'Emilia. Se non sbaglio, dall'intervista che ho letto, lei è entrata in convento nel 2000.»

«No, era l'inizio del 1999» lo corresse madre Maria Benedetta. «Marzo» precisò.

In quel momento Luca si sentì annegare, sommerso dal mare dell'incertezza. I tempi non coincidevano. Aveva sbagliato i conti, ma lui non sbagliava mai.

«Non è grave» lo rassicurò la monaca notando il suo turbamento. «In effetti da quella vecchia intervista non si capiva bene come sono andate le cose. Costanza Rotilio aveva fatto partire la mia vocazione monacale dal primo anno di noviziato canonico, al termine del quale si fa una professione di fede temporanea, con i voti di stabilità, conversione di vita e obbedienza. Quei voti si rinnovano annualmente per altre due volte, al termine delle quali viene fatta la professione solenne. È allora che riceviamo il velo nero, la cocolla e l'anello, segni dell'appartenenza totale a Cristo, il nostro vero sposo.»

Luca faticò a mettere insieme i pezzi.

«Se ti sembra complicato, proverò a mandarti uno schema via mail, oppure ti scrivo degli appunti. Magari possono servirti.»

Lui restò in silenzio, a metabolizzare le informazioni che aveva ricevuto. Poi, a voce bassissima, le fece una domanda che non aveva nessun legame con la precedente.

«È mai stata tentata?»

La monaca alzò le sopracciglia e lui provò a chiarirsi meglio.

«Ha mai voluto abbandonare il monastero? Le sono mai venuti dei dubbi? È sempre stata sicura della sua scelta?»

Erano domande dense. La badessa incrociò le mani, in un esercizio di pazienza, e si accarezzò la croce sul petto in un gesto che ormai a Luca pareva un tic. Fece un lungo respiro prima di rispondergli.

«No, non ho mai avuto la tentazione di lasciare la tonaca. Ma sono arrivati gli interrogativi e ho accolto il dubbio, durante il percorso che mi ha portata ai voti definitivi. Sia nei mesi di discernimento vocazionale che in quelli da postulante, prima del rito della vestizione, mi sono chiesta se a muovermi era l'egoismo o se la mia fosse soltanto paura di seguire il cammino tracciato da Dio per me. La determinazione è stata la mia più grande alleata: devi essere determinato, soprattutto all'inizio. È come per l'amore: le scelte più coraggiose le fai sull'onda dell'innamoramento, quando quel sentimento ti rende invincibile. Ma senza un'autentica spinta spirituale non puoi proseguire, e io l'avevo. Vale per tutte. Essere in una comunità serve a non sentirsi soli, con la responsabilità della scelta.»

«Ed è certa di aver fatto la scelta giusta? Non ha mai avuto il dubbio di essere stata egoista? Non pensa a come sarebbe stato se non fosse rimasta in convento?» trovò il coraggio di chiederle Luca, sorpreso dalla sua audacia.

Madre Maria Benedetta questa volta strinse la croce della fondatrice.

«Quante domande. E tutte importanti» replicò per prendere tempo.

Luca adesso pareva sfidarla, era lui che puntava gli occhi in quelli di lei, senza spostarli di un millimetro. Nemmeno la badessa li mosse. Alla sua sinistra, su un mobiletto, la Bibbia era aperta nella pagina del *Cantico dei cantici* che stava leggendo prima che la monaca arrivasse: «Che lui mi baci / con i baci della sua bocca. / Più dolci del vino / sono le tue carezze, / più inebrianti dei tuoi profumi».

«Non credo di essere stata egoista. È vero, ho pensato a me, ho seguito la voce interiore che mi diceva di avere fiducia, di avere fede. Ho ascoltato la chiamata che mi chiedeva di fare una rinuncia. Tutti dal di fuori pensano a quello a cui rinunciamo, ma non pensano mai a quello che troviamo. Si rinuncia per trovare qualcosa di più prezioso che abbiamo scritto dentro, per colmare la nostra sete di felicità, di infinito. Nel Vangelo secondo Matteo Gesù dice: "Chiunque avrà lasciato case, o fratelli, o sorelle, o padre, o madre, o figli, o campi per il mio nome, riceverà cento volte tanto e avrà in eredità la vita eterna". A me è stato restituito molto più di quello che ho dato. E poi...»

Lasciò in sospeso la frase, le dita intorno alla croce erano diventate bianche. Allentò la presa, finì il discorso.

«... fa parte della natura umana interrogarsi su come sarebbero potute andare le cose se anziché una strada ne avessimo presa un'altra. Ma è solo un esercizio di onnipotenza. Noi siamo la somma delle scelte che abbiamo fatto e che ci hanno portato dove siamo. Quando il dubbio viene a farmi visita io prego, e così ritrovo il mio centro.»

Rimasero in silenzio. Luca si sentiva svuotato, aveva perso la voce e, ancora una volta, il filo delle domande che aveva preparato. La badessa avrebbe voluto abbracciare il suo turbamento, ma li separavano i ruoli. La loro distanza era un metro e mezzo moltiplicato per ventiquattro anni, e altri quarantuno, e i giorni e le notti delle loro vite diverse, dei dolori e delle gioie che avevano attraversato, dei mondi ai quali appartenevano, delle famiglie che avevano deciso di amare.

Provò a riportarlo all'inizio, alle domande dalle quali erano partiti. Lo voleva reindirizzare nel binario del suo mestiere: era un giornalista ed era lì per registrare un podcast. Doveva aiutarlo.

«Però volevi sapere dei grandi fatti di cronaca vissuti dall'interno di queste mura. Eravamo partiti da quello, giusto?»

Entrambi fecero un lungo respiro, Luca si massaggiò una tempia.

«Ti vado a prendere un bicchier d'acqua?» gli domandò la badessa, sporgendosi un poco in avanti, pronta per alzarsi e andare in cucina, o piuttosto per abbracciarlo e rassicurarlo.

«No, sto bene. Ritorniamo ai servizi, grazie.» Continuava a imporre una leggera pressione con le dita nell'angolo esterno dell'occhio sinistro.

«Sai, ogni sera c'è una sorta di notiziario gestito da una monaca: ha il compito di leggere i giornali che arrivano per posta con i barcaioli e di fare una specie di rassegna stampa per tenere informate tutte le consorelle su quello che succede in Italia e nel mondo. All'inizio era stato affidato a me. Per competenza, diciamo. Il crollo delle Torri Gemelle fu il primo grande evento internazionale che mi fece sentire il richiamo della mia vita precedente.»

Entrambi cominciarono a rilassarsi di nuovo.

«Immagino che abbia avuto l'istinto di partire.»

«Sarei disonesta se non lo ammettessi. È uno di quei servizi che avrei sicuramente voluto seguire, se non fossi stata già in monastero. E mi chiesi se i miei capi avrebbero mandato me. Leggendo le notizie, sfogliando i quotidiani, guardando le immagini di quegli uomini piccoli piccoli che piovevano come lacrime dalle finestre delle Twin Towers, oltre al dolore per le vittime e allo sconcerto umano di fronte a un atto così malvagio, non potevo non pensare allo sforzo dei miei colleghi, a come si erano organizzati, a dov'erano quando li avevano chiamati per coprire l'evento. Ma quella, vedi, era una circostanza per mettere alla prova la mia determinazione, per accertare la profondità della mia decisione.»

«Ne parlò con qualcuno?»

«Certo. Quando siamo tentate, la badessa rappresenta il nostro punto fermo. Oltre a Gesù, s'intende. Lei sa riportarci al cuore delle cose. Le parlai del mio turbamento e le chiesi di sollevarmi dall'incarico della rassegna stampa per non sentirmi attirata dalle sirene dell'attualità, che avevo abbandonato due anni prima.»

«L'accontentò?»

«No» rise con fragore, anni luce lontana dallo stato d'animo di allora. «La tua prova è quella, mi rispose la madre superiora. E io lo compresi senza equivoci pregando ancora di più, stringendomi ancora più forte al cuore di Gesù. Sentivo che il mio nuovo compito era di lenire con la vita contemplativa il dolore degli altri, anche perché adesso potevo raggiungerli senza prendere un aereo o salire su un treno. Era questa, la mia nuova missione, e non mi sembrava meno affascinante della precedente.»

Luca non era soddisfatto. Lei non gli aveva detto abbastanza.

«Non se la prenda, ma a volte faccio fatica a seguirla. Quello di cui mi parla è... molto teorico per me.»

«Va bene così, non ti devi preoccupare. La fede è un dono, è diversa per ognuno, non ci arriviamo con gli stessi tempi.»

Ma non era tanto la fede, il problema di Luca. Era certo di non aver chiesto tutto, doveva domandare ancora.

«E non c'è stata mai una volta in cui le sarebbe piaciuto uscire e andare di persona nel luogo in cui era appena successo qualcosa? Un caso speciale, un'occasione particolare?»

Madre Maria Benedetta indugiò qualche secondo, ma non molto. Anzi, sorrise compiaciuta mentre stava per rispondere a Luca.

«Non ci avevo mai pensato, ma la tua domanda è interessante, perché in effetti calza perfettamente con il percorso che ho seguito. Forse mi avrebbe reso felice andare in piazza San Pietro la sera del 2 aprile del

2005, quando morì Giovanni Paolo II. Sarebbe stato bello mescolarmi alla fiumana dei fedeli che avevano sentito il bisogno di raggiungere il Vaticano per rendergli omaggio. Sai, da ragazza mi trovavo in quella piazza il 13 maggio 1981, il giorno dell'attentato. Sarebbe stato un bel modo per chiudere il cerchio.»

Giulia

Sono diventata inviata speciale a febbraio del 1998. La qualifica mi fu assegnata sul campo, mentre ero a Cavalese, in Trentino, per seguire la tragedia del Cermis, l'aereo militare che tranciò il cavo della funivia uccidendo venti persone. La telefonata del direttore arrivò mentre uscivo dalla chiesa di Bressanone dove si erano svolti i funerali di due vittime altoatesine. Il marito di una di loro, per tutto il tempo della cerimonia funebre, aveva continuato a rigirarsi tra le mani la catenina d'oro grazie alla quale aveva riconosciuto la moglie all'obitorio: gliel'aveva regalata lui il Natale precedente.

La promozione mi raggiunse come un traguardo fuori tempo massimo. Ne fui felice, ma non con quella pienezza con la quale l'avevo inseguita e sognata. Suggellava una posizione che nei fatti occupavo da anni. Mi inorgogliva, certo, ma non aveva lo stesso sapore che avevo immaginato nel tempo, non cambiava la percezione che avevo di me stessa, o quella degli altri su di me. Non mi sarei impegnata di meno, da lì in avanti, come chi si ferma dopo essere arrivato a destinazione. Non avrei potuto lavorare in modo diverso: dedicargli ogni energia faceva già parte della mia etica professionale. Avrei continuato a cambiare piani, a saltare i giorni liberi, a spostare le ferie, a superare l'orario contrattuale, perché non esiste orario se prendi questo mestiere sul serio.

Ma sentivo da tempo allargarsi dentro di me un vuoto che non potevo più collegare alla mancanza della qualifica (adesso era mia), e neppure alla lontananza da Renzo (se avessi voluto, avrei potuto ricontattarlo in qualsiasi momento). I dubbi che coltivavo erano legati al senso di quello che facevo. Le domande che mi rimbalzavano nella testa riguardavano quella rincorsa continua, l'inseguimento di un servizio dopo l'altro senza mai chiedermi cosa volessi io da me, non gli altri, come se la strada da seguire fosse una soltanto e non potessi deragliare se non distruggendo quanto avevo costruito fin lì ogni giorno.

Con questo spirito tornai sull'Isola di San Giulio, dalle monache benedettine, nella piccola cella dove avevo dormito per il mio reportage qualche anno prima, però adesso con l'intenzione di godermi l'esperienza, senza fare domande agli altri, ma ascoltando solo me stessa.

Non so neanche se sarei tornata lì, senza l'ennesima separazione forzata da Renzo, un distacco dilatato dalla distanza e dalla vita, che ti trasforma come il vento leviga la roccia, giorno dopo giorno, assegnandoti un profilo nuovo senza che tu abbia fatto in tempo a rendertene conto.

In monastero mi lasciai nutrire dal silenzio. Mi feci cullare dalle lodi e dai canti delle monache. Trovai significato nelle piccole mansioni che questa volta mi erano state affidate: spolverare i mobili, togliere le erbacce nel giardino, servire alla tavola gli altri pellegrini.

Scoprii nell'abbazia un luogo amico, privo dell'urgenza costante che condiva la mia quotidianità a Milano. E fu difficile ignorare il senso di pace e di radicamento che provai in quei giorni. Una luce bianca sembrava avvolgere tutto, tenendomi al riparo da ogni preoccupazione. Ignorai, invece, la voce dentro di me che suggeriva di restare. Era un azzardo già solo ammettere di sentirla.

Perché io?, rispondevo. Sono un'inviata del «Corriere della Sera».

"Resta."

Ho cose troppo urgenti da fare, bisogna stare nel mondo e raccontarlo con spirito di servizio.

"Resta."

Non è questa la mia chiamata, a me è stato chiesto di essere testimone per gli altri, di essere uno strumento, di fare da tramite tra quello che succede nel mondo e i lettori.

"Resta."

Non rimasi. Al quinto giorno, come programmato, tornai al lavoro, alle mie giornate di sempre. Come se mi fossi svegliata da un sogno, l'incantesimo che ti fa dubitare di aver vissuto un'altra vita possibile.

Da allora, però, presi l'abitudine di recitare ogni sera il rosario di quarzo blu che mi aveva regalato Francesca durante il mio primo soggiorno. Nel frattempo, lei era entrata in comunità, e dopo i voti provvisori aveva pronunciato anche quelli definitivi. Adesso si chiamava suor Maria Angelica. Ero riuscita a salutarla prima di andar via.

«Non sei cambiata per niente» mi aveva detto nel piccolo parlatorio di santa Scolastica, dove le monache, con il permesso della badessa, potevano incontrare i loro familiari.

«Tu sì, sei più bella, hai una luce negli occhi che non ricordavo» le avevo detto con sincerità.

«È il matrimonio» mi aveva risposto. E aveva riso della mia sorpresa.

«Sono una sposa del Signore, io. Il suo amore mi riempie e mi gratifica.»

Avevo provato una fitta di invidia per quella sicurezza, o forse l'avevo immaginata. Poi, la sua domanda mi aveva steso.

«E tu, Giulia? Sei felice?»

Avevo già le spalle al muro, ma lei non mi stava lasciando nessuna possibilità di fuga.

«Sto cercando di capirlo.»

«Stai pregando? La preghiera aiuta. Hai ancora il rosario che ti avevo regalato?»

Avevo fatto sì con la testa.

«Non so se ricordi, ti dissi che non mi serviva più.»

«Come dimenticarlo. Non ho ancora capito perché hai usato quelle parole. Non è un controsenso?»

«No. A me davvero non serviva più, in quel momento. Me lo aveva regalato la badessa durante il primo soggiorno a San Giulio. Sgranarlo tutti i giorni mi aveva aiutato a trovare le risposte dentro di me sulla chiamata. Quando te lo diedi, avevo già deciso che non sarei più tornata nello studio del commercialista per cui lavoravo. Comunicai le dimissioni quel giorno stesso. Incontrarti mi fu di grande aiuto, mi hai mostrato chi ero prima e chi ero diventata.»

«Ma non è possibile che tu abbia smesso di recitare il rosario!» avevo esclamato.

«Certo che no. Ma quando ti ho conosciuta, ho sentito di dover passare il testimone. Era più importante che lo avessi tu. Usalo, Giulia. Prega ogni giorno. Vedrai che tutto si chiarirà.»

E così feci. Mi portai appresso il suo rosario blu a ogni trasferta. Una volta tornai perfino indietro per riprenderlo, dopo che mi ero accorta di averlo dimenticato. Non riuscii a farlo, però, quando andai a New York per seguire il caso di Monica Lewinsky.

Oggi so che anche quella è stata una prova, nel mio percorso di fede. Ed è stata la più importante.

La crisi

Non riusciva a non fissarli, ogni volta che ci passava davanti, quasi all'ingresso del monastero che madre Maria Teodora e sei sorelle avevano fondato nel 1973, quando sull'isola non c'erano acqua potabile, corrente elettrica, riscaldamento o telefono.

Erano due calzari lillipuziani, che accoglievano i visitatori all'ingresso dell'abbazia, superato lo scalone di pietra. Li avevano appoggiati sulla mappa di Gerusalemme, accanto a una citazione dall'Esodo: «Togliti i sandali dai piedi, perché il luogo sul quale tu stai camminando è una terra santa».

Luca li fissava inebetito, come richiamato indietro dalla sua infanzia, dai giochi spensierati di quegli anni, dalle vacanze in Sardegna quando il padre noleggiava il gommone e andavano tutti insieme a visitare le calette più belle dell'isola.

Era stato un bambino fortunato e poi un adolescente fortunato, incoraggiato nella curiosità, nell'intenzione già chiara, palese, di voler fare il giornalista.

Vedeva i diciott'anni come un traguardo, l'ingresso nell'età adulta, ma soprattutto il via libera indispensabile per conoscere la sua storia prima di arrivare nella famiglia che lo aveva adottato, prima che diventasse Luca Martinelli.

Era nato il 20 ottobre 1999 alle sei del mattino. L'ufficiale di stato civile che aveva compilato il suo atto di nascita aveva aggiunto una nota, in cui spiegava che il nome di battesimo lo aveva scelto la madre biologica, come dichiarato dall'ostetrica dopo il parto. I genitori avevano deciso di mantenerlo, per conservare un filo rosso con la donna che lo aveva portato in grembo per nove mesi e che poi lo aveva «donato». Se la mamma della pancia aveva tanto insistito, doveva essere importante. E faceva parte del dono, un gesto d'amore.

È così che glielo avevano sempre raccontato. E a Luca sembrava una bella storia, perché era la sua storia.

In casa non avevano mai parlato di cosa sarebbe successo quando fosse diventato grande. Né lui aveva mai manifestato la curiosità di conoscere la madre biologica. L'unico desiderio che aveva espresso faceva parte del segreto con Susanna. Ma neppure con lei aveva più risollevato l'argomento dopo la lontana visita all'ospedale dove era nato.

Che a diciott'anni avrebbe potuto accedere alle sue origini era stata una deduzione. Lo aveva dato per scontato. Era una di quelle informazioni acquisite indirettamente, sulle quali non aveva indagato con particolare scrupolo perché considerava ovvio che così sarebbe stato e non avrebbe avuto senso occuparsene prima del dovuto.

Allo stesso modo, aveva considerato un automatismo il passaggio tra la richiesta di accesso alle origini e il conseguente incontro con la madre biologica. A diciott'anni, nella sua testa, avrebbe presentato la domanda al giudice o a chi per lui e, dopo qualche quisquilia burocratica, avrebbe finalmente conosciuto la donna che lo aveva messo al mondo. Senza togliere nulla a Valeria e a Piero. Anzi, in aggiunta al loro amore. Si sarebbero perfino potuti frequentare tutti insieme, un giorno, e la sua famiglia si sarebbe allargata ancora di più.

La pensava come una cosa facile, si sarebbe occupata di tutto Susanna, mica per niente si era laureata in giurisprudenza.

Ma a quindici anni scoprì che né una cosa né l'altra erano come le aveva immaginate.

Sua madre era seduta sul divano a fiori del salotto, accanto al padre. La sorella era appollaiata sul bracciolo della poltrona dov'era seduto lui, aspettando il via libera per andare a prendere dal frigo la torta con le candeline. Riusciva a tornare a casa solo per le ricorrenze, aveva appena vinto il concorso per diventare magistrato: il suo sogno era lavorare in un tribunale per i minorenni. Pongo li ascoltava parlare allungato sul tappeto, il sesto senso in allerta.

«Comprendiamo che per te è importante, ma quel giorno saranno i servizi sociali a contattare la donna che ti ha partorito. E se lei accetterà di vederti, potrai conoscerla.»

Nessuno la chiamava più la mamma della pancia, uno stratagemma per addolcire l'infanzia, come quando da piccolo gli raccontavano che il topolino gli aveva lasciato le monete sotto il cuscino al posto di un dente da latte appena caduto.

Valeria aveva parlato di getto, dopo che il figlio, dal nulla, aveva detto che a diciott'anni avrebbe voluto conoscere la donna che lo aveva messo al mondo.

«Come mai ti è venuto in mente proprio adesso?» aveva aggiunto sorpresa.

«Beh, ogni tanto ci penso...»

Il padre si era voltato verso la moglie, lanciandole un'occhiata preoccupata.

«Potrai farlo, però a venticinque anni» aveva detto lui.

E si era inserita di nuovo la madre. «In realtà anche allora lo faranno i servizi sociali per te, e a quel punto lei potrà decidere se revocare l'anonimato o no. Non è proprio automatico il passaggio tra chiedere di conoscerla e conoscerla davvero.»

La schiena di Luca si irrigidì, staccandosi dallo schienale. Susanna gli posò la mano sulla spalla, una foglia di cui il fratello sentiva il peso specifico, sul corpo e nella vita.

«Ma così può rifiutarmi un'altra volta» commentò stringendo i pugni.

Le parole erano saltate fuori senza che potesse controllarle. In quel momento nella sua testa stava mettendo a fuoco una doppia delusione, che formalizzò a voce alta, lentamente.

«Dunque, non mi basterà avere diciott'anni. Ma nemmeno a venticinque sarò io ad avere l'ultima parola? Allora quale diritto mi garantisce la legge? Posso cercare mia madre, ma non posso costringerla a conoscermi?»

Valeria perse un battito nel sentirgli pronunciare quelle due parole, «mia madre», riferite a un'altra donna. Susanna strinse la presa sulla scapola di Luca. Pongo aveva rizzato le orecchie.

«Comunque potrai cercarla, questo sì che è un tuo diritto» provò a tranquillizzarlo.

«Non voglio cercarla, se le condizioni sono queste. Non voglio permetterle di scartarmi di nuovo.»

Piero e Valeria si guardarono spaesati. Si presero per mano, per non smarrirsi nel risentimento del figlio, spiazzati dal non essere riusciti a intercettarlo prima.

«Non sei uno scarto, sei un dono...» dissero con un filo di voce.

«Sì, un gesto d'amore. Come no?» replicò aspro.

La madre cercò di non farsi impressionare. Aveva insegnato a generazioni di adolescenti, sapeva come districarsi tra l'indolenza e la frustrazione con le quali i ragazzini cercano di addomesticare la rabbia. Sapeva scavare oltre la superficie di quel rancore a lei così familiare, fino a risalire al sentimento che covava sotto: la paura.

«Ti ha dato un nome. Lo ha voluto lei quel nome, lo ha scelto. L'ufficiale di stato civile avrebbe potuto cambiarlo senza commettere un abuso e nessuno se ne sarebbe accorto. E noi lo abbiamo mantenuto, perché ci piaceva pensare che potesse tenerti vicino, pronunciandolo. La donna che ti ha partorito ti ha affidato a un futuro migliore. Non so se noi siamo stati il futuro migliore possibile, per te, ma ce l'abbiamo messa tutta, siamo cresciuti insieme, come famiglia e come individui. Non pensavo che covassi tutta questa rabbia, Luca. Perché non ce ne hai parlato prima? Noi siamo qui per te, ci saremo sempre.»

Lui si sentiva impotente. Era riconoscente per quello che aveva avuto, non lo dava per scontato. Ma avrebbe voluto sapere di più, ne aveva bisogno, doveva capire perché. E se non era automatico avere queste informazioni, se non poteva dire a questa donna: "Guarda cosa ti sei persa!" "Guarda come sono diventato anche se non mi hai voluto, anche se mi hai abbandonato!”. Se prevaleva il diritto di chi lo aveva concepito di non essere rintracciato e riconosciuto, allora non si sarebbe esposto un'altra volta al suo no. Perché questo, più del primo rifiuto dopo la nascita, lo avrebbe vissuto come un abbandono, gli sarebbe bruciato sulla pelle, lo avrebbe marchiato, facendolo sentire inadeguato.

«Ma non si può forzare questo vincolo? Non c'è un momento in cui posso sapere chi è e basta?» chiese alzandosi in piedi e cominciando a camminare intorno alla stanza.

«Magari dirà subito di sì, non è il momento di pensarci. Quando succederà lo affronteremo insieme. Adesso torna a sederti, calmati.»

«Voglio sapere se a un certo punto posso cercarla infischiandomene di quello che vuole lei!» gridò invece.

Piero e Valeria si guardarono a disagio. E fu il padre a spiegare.

«L'accesso alle origini, se lei dovesse opporsi, ti sarà garantito quando compirai cent'anni...»

Luca si fermò di botto.

«Cent'anni? State scherzando?»

Si intromise Susanna, che fino a quel momento era rimasta in silenzio per lasciare che fossero i genitori a tenere il punto con il fratello.

«No, non stanno scherzando. Ma è un periodo ipotetico. Potrai comunque fare la tua richiesta a venticinque anni e probabilmente, anzi, sicuramente, lei sarà felice di conoscerti.»

Nella testa di Luca era come se un disco si fosse rotto, le parole si incartavano sulle stesse domande: "Non sono abbastanza bravo per te, mamma che non ho mai conosciuto?" "Non sono abbastanza interessante?" "Non sono abbastanza bello?" "Non sono abbastanza intelligente?" "Non sono abbastanza degno di essere amato da te?".

Era questa la paura che ardeva sotto il suo risentimento. Una paura che soffocava ora e per sempre l'ipotesi di una ricerca ufficiale e che lo inchiodava al salotto fiorito della loro casa in zona San Siro, un condominio benestante con il giardino privato, asilo sicuro nei pomeriggi trascorsi con Pongo e con qualche altro bambino che abitava nello stesso stabile.

«Allora non voglio conoscerla mai» sentenziò.

L'atmosfera era cambiata, nessuno aveva più voglia del dolce. Ma Susanna si alzò lo stesso e tornò poco dopo dalla cucina con un sorriso ostinato e un'allegria che non riuscì a contagiare il resto della famiglia. Reggeva in mano la torta e due candeline accese sul numero quindici.

«Esprimi un desiderio» disse al fratello mettendogliela sotto il naso.

"Conoscere mia madre" pensò Luca. E si arrabbiò ancora di più con se stesso per averlo formulato.

Giulia

A dicembre del 1998 andai in America per essere di supporto alla nostra corrispondente. Era appena iniziato il processo per impeachment del presidente Clinton dopo le accuse di Paula Jones per molestie sessuali. Da me, in realtà, volevano pezzi di colore sulla donna al centro del sexgate, Monica Lewinsky, la stagista lungimirante che aveva conservato in congelatore l'abito macchiato del peccato, anziché portarlo in tintoria.

Non ero mai stata a New York e non mi feci pregare per partire, anzi. Accolsi la richiesta come un viaggio premio. Sarei dovuta tornare in Italia prima di Natale, ma come al solito dopo pochi giorni dovetti rivedere i miei piani.

Avevo resistito alla tentazione di avvisare Renzo, ma non ce ne fu bisogno. Fu lui a chiamarmi, quando si accorse che ero in trasferta. La sua telefonata mi raggiunse mentre stavo sfogliando i giornali americani nel nostro ufficio di corrispondenza sulla 57esima strada a due isolati da Central Park, a Manhattan. Me la passò la segretaria.

«Sapevo che prima o poi saresti arrivata anche qui» mi salutò con la solita voce calda. Il suo timbro era ancora capace di emozionarmi, nonostante il bene e il male che ci eravamo fatti. Le persone non si cancellano dai ricordi, soprattutto quelle che sono state importanti.

Mi disse che aveva letto il mio articolo sulla stagista presidenziale e che aveva chiamato in redazione per chiedere dove alloggiassi, pensava di cercarmi in albergo.

Ci dicemmo banalità: come stai? come è andato il viaggio? faceva freddo a Milano? Solo alla fine di quel futile scambio di battute disse che sarebbe stato felice di farmi da cicerone. Esitai. Avevo messo in conto che avrei potuto incontrarlo, dentro di me sapevo che lo avrei rivisto. Ma coltivavo l'ipotesi che sarei uscita indenne da quella trasferta senza nemmeno sfiorarlo. Renzo si sentì incoraggiato dal mio silenzio. «Quando ti ricapita di avere a disposizione una guida che parla benissimo l'italiano? Dai, non ci sono storie, vengo a prenderti oggi pomeriggio, tanto dopo le sei dall'Italia non ti cerca più nessuno.»

«Oggi no» gli risposi. «Sto ancora prendendo le misure. Vediamoci domani.»

Gli diedi appuntamento nella libreria Rizzoli, proprio sotto gli uffici del «Corriere», come nel film con Meryl Streep e Robert De Niro. Una citazione forse troppo sentimentale per una che si raccontava di non avere aspettative. Infatti mi bastò intravedere il suo profilo accanto al tavolo dei libri fotografici per capire quanta ragione avesse l'antropologa statunitense Helen Fisher, che aveva teorizzato come l'amore romantico sia una delle sostanze che creano maggiore dipendenza sulla Terra.

Ci baciammo sulle guance e mi guidò verso una caffetteria poco distante. Mi sembrava strano incontrarlo nel suo territorio, dove in tutti quegli anni l'avevo solo immaginato, pur sforzandomi di non farlo. Mi sorprese trovarlo così normale, neanche avesse potuto trasformarsi, a New York, e diventare un altro.

Mi raccontò subito che la moglie e il figlio erano partiti. Mi colpì l'urgenza di quella rivelazione, quasi avesse voluto incontrarmi apposta per dirmelo. Linda aveva portato Marcus in Florida dai nonni, che si erano trasferiti al caldo pochi mesi prima, dopo la pensione. Renzo si era sottratto a quel Natale per lui senza senso, lontano dalla loro casa. Si fermò a guardarmi, per studiare la mia reazione. Io non indagai oltre, non ero pronta al ruolo di migliore amica. Intuivo che il suo matrimonio si stava esaurendo, o era già finito, ma questa era la sua storia, non la mia. Non volevo più capirlo, giustificarlo o fingere che la famiglia non esistesse. Decisi di vivermi semplicemente il nostro incontro, e gli altri che ci sarebbero stati, senza appesantirli di aspettative o di recriminazioni. Cambiai argomento e gli chiesi quali fossero i must da non perdere nella Grande Mela.

Iniziò così la nostra vacanza non programmata. Mandavo puntualmente i miei articoli, ma trascorrevo con lui tutto il tempo libero, e il fuso orario me ne lasciava molto.

Andammo a mangiare le ostriche al Grand Central Terminal, mi trascinò da Macy's a comprare due abiti da sera che non avrei mai usato. Ma resistetti almeno alla sua proposta di abbinarci dei bellissimi sandali gioiello, con un'unica fila di strass che lasciava scoperto il piede: mi vergognavo troppo delle mie dita storte.

Quelle uscite ci fecero bene, ritrovammo l'antica intesa. E ci aiutò pure la supernevicata di Chicago, che dal giornale mi chiesero di seguire, giacché ero «praticamente lì».

Non ci fu bisogno di domandargli se voleva accompagnarmi. Ormai lavorava in esclusiva per l'«Associated Press» e non fu difficile per lui organizzarsi. Bonnie e Clyde erano di nuovo all'opera, anche se lontani da crimini e misfatti.

Fu una trasferta bella, ai confini con la realtà. All'esterno ghiacciavamo, ci scaldavamo in albergo, con buona pace dei miei propositi iniziali. Con diciassette gradi sotto zero ci si congelavano anche le lacrime, quando mettevamo il naso fuori. Nei parchi, i rami si spezzavano sotto il peso della neve, in un silenzio lunare. Riuscimmo a rintracciare una donna che aveva partorito in piena tormenta in una stazione dei vigili del fuoco, dove il capitano si era dovuto improvvisare ostetrico. Facevo il lavoro più bello del mondo, in squadra con il miglior compagno possibile.

La seconda sera a Chicago ebbi il coraggio di chiedergli almeno di Marcus. «Ha appena cominciato la High School» mi raccontò senza nascondere lampi di orgoglio. «Gli piacciono i numeri, e di sicuro non ha preso da me. Vorrei portarlo a Milano, fargli vedere Roma, Firenze, Venezia, ma Linda non vuole che partiamo da soli. Lei ha sempre altre priorità in fatto di viaggi. Mi pare quasi che lo voglia tenere lontano da quella parte delle sue origini. Forse non vuole venire in Italia. O non lo desidera più.»

Gli chiesi se le avesse detto di noi e ammise di non avergliene mai parlato, né lei aveva chiesto nulla o dato l'idea di sospettare qualcosa. Quella parte della sua vita sarebbe sempre rimasta un mistero per me.

Anche allora, però, nonostante avessi l'opportunità concreta di scommettere il tutto per tutto sul nostro amore, mi resi conto che stavo giocando di rimessa, non me la sentivo di scattare in avanti per cercare il gol.

Il lavoro, invece, continuava a favorirci, perché nemmeno dopo Chicago fui libera di rientrare in

Italia. Adesso c'era da seguire a Las Vegas il ritorno sul ring di Mike Tyson, il primo match dopo il morso all'orecchio di Holyfield. Stessa compagnia di giro, io e Renzo, una suite per due.

Nella città della perdizione, le cappelle con i finti Elvis sembravano spalancare le loro porte apposta per sposarci. E lui, la prima volta che ci passammo davanti, mi chiese allegramente se volessi entrarci. «È matto» raccontai per telefono a Costanza quando rientrammo in albergo, mentre Renzo era sotto la doccia. «Che sia la volta buona» sospirò lei, che quella storia non voleva darla per persa.

Eppure, la sortita di Renzo mi aveva lasciato una grande malinconia. Era tutta una finzione, come i re del rock in completi bianchi e lustrini. Potevo ancora accettarlo? La nostra stanza nel MGM *Grand Las Vegas era grande quanto il mio appartamento a Milano, ma in certi momenti mi mancava l'aria.*

Continuavo a farmi domande. Cosa mi aveva portata lì, per davvero? Era stata l'ambizione? La passione per il mio lavoro? O in fondo, ancora una volta, l'amore per Renzo che non si era esaurito? E il nostro amore era reale o piuttosto una dipendenza, come diceva la Fisher? Perché non mi sentivo felice, ma non riuscivo a lasciarlo andare?

Il reato

La telefonata di Luca la raggiunse mentre stava facendo zapping con il telecomando. Aveva appena tirato fuori dal frigo una confezione di prosciutto e una di insalata già lavata, si era versata un bicchiere di vino rosso e si stava preparando a cenare davanti al televisore.

Il fratello non la salutò neppure.

«Avevi detto che mi avresti aiutato. Questo è il momento.»

Susanna chiuse gli occhi.

«Dimmi cosa succede.»

Luca le raccontò alla rinfusa della nottata al pronto soccorso, degli attacchi d'ansia sempre più frequenti, dell'idea maturata dopo il trasloco di cercare la madre da solo.

Susanna lo lasciò parlare, sorpresa, ma non troppo, da tutte quelle informazioni.

Era cosciente che avrebbe rischiato la carriera per il fratello dal suo quindicesimo compleanno, quando gli aveva messo la mano sulla spalla e lui non sapeva, ma lei sì, che in quel preciso momento si stava impegnando per aiutarlo, costasse quel che costasse.

Lavorava da tre anni al tribunale per i minorenni di Milano, dove era già stata da tirocinante, e dopo aver fatto due passaggi a Verona e a Novara. Aveva trentasette anni e un futuro brillante davanti a lei.

Ma le ragioni del cuore erano più forti della carriera che l'aspettava. Aveva preso un impegno con Luca fin da quando era entrato in casa in braccio alla mamma come un dono per i suoi genitori e per lei. Avevano deciso tutti insieme di intraprendere il percorso dell'adozione. Un altro figlio non sarebbe arrivato per vie naturali: dopo il parto Valeria aveva subìto una grave emorragia che aveva costretto i medici a toglierle l'utero. Era stato un intervento invasivo, necessario dopo che la placenta si era saldata al viscere uterino, nonostante il raschiamento. In quelle condizioni non era ipotizzabile un'alternativa.

Lei e Piero sentivano comunque di avere ancora amore da dare. Negli anni avevano continuato a pensarci. E quando Susanna era diventata grande abbastanza da essere coinvolta nella decisione, si erano mossi per fare la domanda di adozione.

Luca era stato desiderato, sognato, immaginato da tutta la famiglia.

*

A marzo Susanna diede appuntamento al fratello all'Arco della Pace. Dal tribunale, per arrivare, impiegò poco più di dieci minuti a piedi. Mentre attraversava il parco con le cuffie alle orecchie, Marco Mengoni dalla radio le suggeriva che loro due fossero i soli svegli in tutto l'universo. Le pareva che calzasse perfettamente a lei e al fratello, al pensiero di quanto poco sapessero i genitori su cosa stavano architettando insieme. Si chiese quanto avesse inciso, nella scelta della sua professione, l'ingresso in casa di Luca, l'idea di poter fare del bene per gli altri, per quei bambini affidati alla sorte. Le era capitato di incontrare madri biologiche che, contattate dai servizi sociali, decidevano di non togliere l'anonimato e negavano ai figli la possibilità di conoscerle. Le rispettava, non l'aveva mai sfiorata il pensiero di giudicarle. Spesso quei bambini erano il frutto di una violenza domestica, ma lei non se la sentiva di stilare una graduatoria delle giustificazioni. Trovava legittimità in ogni storia di abbandono, non avrebbe mai potuto dire che una madre si era comportata male e un'altra bene. Faceva il magistrato, il suo compito era interpretare la legge. Quel che le appariva certo, dalla sua esperienza, era che non abbondavano i lieto fine. Nell'unico caso in cui il ricongiungimento c'era stato, la madre aveva quindici anni quando aveva partorito la primogenita e la famiglia l'aveva costretta a rinunciare. Era una storia del secolo scorso, le due donne si erano riviste quando una aveva quasi novant'anni e l'altra settantacinque.

Anche per questo aveva deciso di aiutare il fratello, rischiando tutto.

Lo vide subito, seduto sui gradoni di cemento, che dava le spalle alla cancellata d'ingresso, in uno dei posti dove, quando lui era piccolo, fantasticavano sull'immaginaria linea di congiunzione fra l'Arco della Pace di Milano e l'Arc de Triomphe a Parigi.

Provò tenerezza ripensando a quei giorni così spensierati, nessuna nuvola, la felicità a portata di mano. Indugiò sui ricordi, poi si avvicinò a Luca e gli stampò un bacio sulla guancia. Lui riconobbe il profumo di muschio bianco della sorella prima ancora di vederla.

«Come stai, Piccoletto?»

«Benino, e tu?»

«Di corsa, come sempre.»

«Come mai questo appuntamento?»

«Ho un po' di novità.»

«Belle o brutte?»

«Belle a metà. Abbiamo qualcosa in mano, ma ancora non tutto.»

«Raccontami.»

«Intanto te lo devo chiedere di nuovo. Sei sicuro di non voler aspettare di compiere venticinque anni? Manca un anno e mezzo.»

Non era certa si rendesse conto di cosa la stava implorando di fare.

«Sai già la risposta. Mi aiuti o no?» replicò brusco. E si pentì subito del tono. Provò a rimediare. «Forse ti sto mettendo in una posizione troppo difficile. Ma non so come uscirne, non so a chi altro potrei rivolgermi. A un investigatore privato?»

«Non dire sciocchezze.»

«Non tollero più la mia ansia, mi sta condizionando la vita. Non so perché sia diventato così urgente adesso. Ma questo pensiero mi manda in bestia. Non può essere lei a scegliere. Non questa volta. Voglio sapere chi è prima che possa rifiutarsi di conoscermi.»

«Ti aiuto, Luca. Lo sai già.»

«Cosa facciamo, allora?»

«Le strade sono due, entrambe rischiose. Ma una mi sembra che possa lasciare meno tracce.»

La guardò perplesso.

Luca era stato adottato il 10 novembre del 1999, ventun giorni dopo la sua nascita all'ospedale di Borgomanero. I genitori ci tenevano a festeggiare entrambe le ricorrenze: il 20 ottobre, con una festa assieme ai compagni di classe; il 10 novembre in famiglia, con un piccolo brindisi e un vassoio di cannoncini di Panarello, i preferiti di Luca, da scartare dopo cena a ogni anniversario.

«Potrei chiedere a un cancelliere dell'ufficio adozioni di inoltrare la domanda dell'atto integrale di nascita. Lì potrebbe esserci scritto il suo nome e cognome. Ma se lei ha chiesto di non essere nominata siamo punto e a capo.»

Lui strinse i pugni.

«Non è giusto.»

«Invece è giusto, era un suo diritto.»

«Diritto del cazzo.»

«Oh, Luca. Stai calmo. Sei mio fratello e ti voglio aiutare, ma non mettiamo in dubbio i fondamentali. Era suo diritto non dichiarare il nome. Fine.»

«Allora cos'altro si può fare?»

«Posso firmare un ordine di esibizione della tua documentazione sanitaria per motivi gravi e urgenti.»

«E non si accorgono, dalla firma, che abbiamo lo stesso cognome?»

«No. Per te indicherò il codice fiscale e il numero di pratica sulla cartella clinica. Risaliranno al tuo certificato di assistenza al parto da quello, e lì troviamo il nome della donna che ti ha partorito.»

Non gli sfuggì l'espressione usata dalla sorella. Quella che fino al suo quindicesimo compleanno era stata «la mamma della pancia», poi, almeno per lui, «l'altra madre», adesso anche da Susanna era derubricata alla donna che lo aveva partorito. Sospirò un lamento e strinse forte gli occhi, per ricacciare indietro le lacrime che già spingevano per venire fuori.

Mai come in quel momento si sentì incompreso e solo. Neppure Susanna riusciva a capire la sua urgenza.

«Tutto ok?» gli chiese lei prendendogli il gomito.

Luca non riuscì più a trattenersi e cominciò a piangere e poi a singhiozzare.

«Quando ho dato il via a questa ricerca non ho mai voluto mancare di rispetto a nostra madre» si giustificò.

Susanna lo abbracciò, stringendolo forte.

«Lo so, non me lo devi nemmeno dire.»

«Sì, invece, te lo devo dire. Perché questo pezzo della mia vita riguarda me soltanto. Sto male al pensiero di ferirvi, ma ho bisogno di questa cosa. È importante per me, non voglio togliere nulla a te, a mamma o a papà.»

La sorella cominciò ad accarezzargli la schiena. Poi cercò un fazzoletto nella borsa.

«Ora calmati. Va tutto bene.»

Quando si fu tranquillizzato le chiese l'unica cosa che lo preoccupava.

«E se ti scoprono?»

«È meglio che non mi scoprano» tagliò corto lei.

Non gli serviva la laurea in giurisprudenza per capire che la sorella stava per commettere un illecito. Ma non bastò per fermarlo.

Pochi giorni dopo, Susanna si prese ancora qualche minuto per pensare, nel suo ufficio al terzo piano del tribunale per i minorenni. Aveva una stanza illuminata da due ampie finestre. Su una parete aveva incorniciato una stampa digitale della Costituzione italiana. Due ripiani degli scaffali erano occupati da piante. Nel terzo, una cornice d'argento congelava la discussione della sua tesi di laurea con il professor Sesta, sull'affidamento condiviso e sulle nuove dimensioni dell'obbligo di mantenimento. Era in piedi, fiera della tesi rilegata in pelle che stringeva fra le braccia, il padre e la madre alla sua destra e Luca a sinistra.

Ripeté a memoria il giuramento che aveva fatto davanti ai tre giudici del tribunale di Milano dove aveva completato il tirocinio, dopo aver passato il concorso in magistratura.

«Giuro di essere fedele alla Repubblica italiana e al suo Capo, di osservare lealmente le leggi dello Stato e di adempiere con coscienza i doveri inerenti al mio ufficio.»

Sentiva che era sul punto di compiere un tradimento. Quello che stava per fare non avrebbe osato immaginarlo per nessun altro, se non per suo fratello.

Ma non era soltanto il tema etico per la violazione della legge a tenerla in sospeso. A trattenerla, era il dubbio che non bastasse. Non era certa che sarebbe servito a far ritrovare un po' di serenità a Luca, a fargli superare l'ansia. E l'omissione verso Valeria e Piero le pesava più del reato che stava per commettere. Furono loro il suo ultimo pensiero. Il loro orgoglio di quando le avevano regalato la toga fatta su misura da una sartoria rinomata, che ancora teneva appesa sull'attaccapanni accanto alla porta.

«Spero di non sbagliare» disse con un filo di voce mentre sfilava il tappo dalla penna stilografica e metteva la sua firma in calce all'atto con la richiesta urgente di accesso alla cartella sanitaria del fratello, destinata al direttore dell'ospedale di Borgomanero.

Il tribunale si era svuotato. I pensieri le rimbombavano nella testa come i tacchi che calpestavano il pavimento di marmo. Mentre si dirigeva verso l'ascensore, vide che la porta della presidente era aperta. Non resistette all'impulso di affacciarsi.

«La disturbo?» domandò bussando sull'anta di legno.

«Ah, è lei, Martinelli. Ha bisogno di qualcosa?»

«Non vorrei disturbarla.»

«Nessun disturbo, anzi. Mi distrae dalle amare vicende del carcere Beccaria. Entri, si sieda cinque minuti.»

Aveva sempre ammirato la fermezza di quella donna. In particolare ricordava quando si era esposta pubblicamente per difendere la scelta di non affidare ai nonni il figlio di Martina Levato e Alexander Boettcher, balzati agli onori della cronaca per le aggressioni con l'acido. Poteva solo immaginare le pressioni quotidiane alle quali era sottoposta.

«Siamo rimaste sole stasera, mi pare» le disse offrendole un cioccolatino da una confezione artigianale.

«È venerdì, saranno già tutti in viaggio verso la montagna» commentò Susanna.

«A cosa sta lavorando?»

«Nessun caso eclatante» rispose. Si guardò rapidamente intorno. Il soffitto a cassettoni con le decorazioni in legno era uguale a quello della camera di consiglio dove si riuniva con gli altri giudici prima di emettere le sentenze. Si soffermò sui disegni dipinti a mano sopra le ante degli armadi di legno.

«Posso chiederle una cosa?» azzardò.

«Certamente. Mi dica.»

«Ha mai avuto dubbi che la legge fosse imperfetta?»

L'altra incrociò gambe e braccia.

«Voglio dire: non ha mai pensato che potrebbe tutelare meglio i cittadini, in particolare i minorenni?»

La presidente del tribunale sospirò.

«Mia cara, il codice è il nostro faro. È perfettibile, ma è l'unico recinto all'interno del quale siamo legittimati a muoverci. Se così non fosse, sarebbe una giungla.»

«Immagino di sì, certo.»

«Però ricordo una volta in cui la legge l'ho un po' forzata.»

Gli occhi di Susanna si accesero.

«Ricorda il caso, che divenne mediatico, di quel giovane che voleva conoscere la madre biologica perché, attraverso il tracciamento del DNA, pensava di trarre indicazioni utili per una cura sperimentale da fare negli Stati Uniti?»

«Me lo ricordo bene, andò pure a *Chi l'ha visto?*»

«Ecco, feci i miei accertamenti. Dall'esame del DNA quel ragazzo non avrebbe ricavato niente di determinante per la sua malattia. Però acconsentii a fare il prelievo su entrambi.»

«E la donna, poi, accettò di conoscerlo?»

«No. Fece il test, ma non volle revocare l'anonimato. Però glielo racconto perché in quell'occasione, pur sapendo dai miei consulenti che la pretesa del figlio non aveva senso, forzai lo stesso la legge per dare un po' di pace a quel giovane.»

La presidente si alzò, il tempo della ricreazione era finito. Susanna la ringraziò e uscì dal suo ufficio con la testa gonfia.

Si aggrappò alle ultime parole che aveva sentito.

Sperò che Luca potesse trovare almeno un po' di pace.

Giulia

Tutto mi fu chiaro quando Tyson mise kappaò Botha. Non in quell'istante esatto, naturalmente. Ma è significativo che proprio in quell'arena stracolma di migliaia di persone io sia riuscita a sentire dentro di me la voce che, in mezzo al frastuono, mi ha sussurrato: "Torna".

Il pubblico era in fibrillazione nell'attesa di vedere uno contro l'altro Iron Mike e White Buffalo, sperando che il campione nero riservasse qualche sorpresa ferina come nel match con Holyfield. A bordo ring, in prima fila, erano seduti Muhammad Ali e il campione italiano Nino Benvenuti. Dalle poltrone vendute alla modica cifra di mille dollari l'una, eleganti signore in tailleur azzurro urlavano al cannibale incitazioni come «uccidilo», «fallo a pezzi», «distruggilo».

Era tutta un'esagerazione, come ogni angolo dell'hotel-casinò MGM, *una struttura grande come Bergamo Alta lastricata di slot machine e tavoli verdi, immaginata, costruita e inaugurata con licenza di svuotare le tasche ai giocatori che da ogni parte degli Stati Uniti venivano per scommettere con la sorte.*

Bastarono cinque round e un colpo solo, il destro, assestato al volto dell'avversario con tutta la rabbia che Tyson si portava addosso, per mandare al tappeto il campione sudafricano e i suoi centosei chilogrammi, tra il delirio del pubblico impazzito.

Ricordo di aver ridotto il rumore a un brusio di fondo, stordita e disturbata dalla calca mentre io e Renzo cercavamo di guadagnare l'uscita per tornare in stanza, non prima di aver fatto un altro slalom fra le slot machine incandescenti. Mi misi a scrivere subito, di getto, per non perdere le impressioni di quel pomeriggio che sarebbero state pubblicate nell'edizione del «Corriere» del 18 gennaio. Lui mi lasciò sola e ritornò giù in sala stampa per mandare le foto. Ma quando rientrò in camera, declinai il suo invito per la cena. Non avevo più appetito, avevo già fatto indigestione di grida, di suoni, di campanelli, di immagini ingombranti che avevo bisogno di metabolizzare.

Quando uscì, mi sdraiai sul letto e chiusi gli occhi. Anche il rumore del condizionatore, che pompava aria calda, mi disturbava.

Non è una questione di coraggio, che infine trovai. Quando scegli di silenziare tutto il resto e di ascoltarti nel profondo, non puoi fraintendere i segnali che arrivano. E io quella sera sentii una nostalgia inconfondibile per il monastero, per le consorelle, per l'Isola di San Giulio che dalla sua posizione al centro dell'acqua mi offriva uno sguardo a trecentosessanta gradi sul mondo.

Quando Renzo tornò, finsi di dormire. E quando venne a letto, e mi abbracciò nella solita posizione che amavamo entrambi, petto contro spalle, le nostre ginocchia incollate nel disegno di un cucchiaio, provai una tristezza incommensurabile.

Ci avevo provato, ma il mio amore per lui era arrivato a compimento, si era consumato. Il suo respiro sulla fossa della mia nuca scandiva il ritmo delle parole che immaginavo di dirgli.

Il mattino dopo, mentre eravamo seduti su due poltroncine di velluto verde nel bar dell'hotel davanti a due caffè doppi, ordinati nell'illusione di ritrovare l'aroma del gusto italiano, seppi che non potevo più aspettare. Inclinai la tazza come per leggere il nostro futuro nel fondo, alzai gli occhi su di lui e gli comunicai quello che stavo vedendo.

«Non possiamo continuare, Renzo, la nostra storia deve finire. Questa volta per davvero.»

Se fu sorpreso, non lo diede a vedere. Mi accarezzò la mano. Sfiorò l'orologio che mi aveva regalato a Bologna e che avevo rimesso quando Costanza me lo aveva riconsegnato nella cucina della mia casa a Milano. Sapeva bene quanto avessimo trascinato quell'amore, come l'avessimo consumato. Era diventato tutto complicato, macchinoso. Continuare a stare insieme, almeno per me, era un dispendio di energie più che una carica reciproca.

«Me lo aspettavo» disse. E non aggiunse altro. Vedeva anche lui quello che vedevo io.

Parlammo di sciocchezze, commenti senza importanza sul clima che ci avrebbe accolti al rientro, sui servizi che avremmo seguito, cose che non voglio sforzarmi di ricordare, perché non erano niente, erano parole al vento, non erano i nostri tredici anni che ci si stringevano nel cuore.

Andammo all'aeroporto con la stessa auto, lui sarebbe partito due ore dopo di me. Mi aspettavano due scali, uno a Los Angeles e uno a Parigi.

«È stato un tempo bello» mi disse prima di lasciarmi davanti agli imbarchi internazionali. «Bello sempre, anche quando non era bello.»

Gli accarezzai i capelli rossi, che cominciavano a macchiarsi di bianco. Il verde degli occhi mi sembrò spento.

Fu l'ultima volta che lo vidi.

Quando atterrai in Francia il comandante ci avvisò che per il maltempo l'aeroporto stava per essere chiuso e chi doveva proseguire il viaggio avrebbe ricevuto assistenza. Mentre cercavo di capire in quale albergo mi avrebbero dirottata per la notte, ricevetti la telefonata del vicedirettore.

«Non hai saputo?» esordì circospetto. Cosa dovevo sapere, se ero stata in aria per undici ore?

Abbassò la voce: Renzo era precipitato sul volo della Spirit Airlines che lo stava riportando a New York. Scese ancora di mezzo tono per chiedermi se volevo scrivere un pezzo caldo sull'ultima trasferta fatta insieme.

Ricordo un black-out. Rivedo vagamente la hostess di terra che mi chiedeva se mi sentissi male, se avessi bisogno di un medico. Mi sembráva che una palla di cannone mi avesse appena trapassata, lasciando dentro di me il vuoto.

«Era bello anche quando non era bello.»

È così che sublimiamo le cose quando non possiamo più averle. Quando la perdita diventa irrevocabile, quando non si può più tornare indietro, quando ci troviamo davanti alla morte, all'assenza definitiva di qualcuno che abbiamo amato. Allora è sempre vero che era bello anche quando non era bello, lo apprezzi finalmente per come è stato, senza la pretesa di volerlo cambiare.

Se dormii o non dormii quella notte non è importante ricordarlo.

Della morte di Renzo si occupò la corrispondente da New York: è l'unico servizio che ho rifiutato in tutta la mia carriera.

Il giornale pubblicò una sua foto che amavo molto, a bordo di un elicottero, con le gambe penzoloni, le cuffie antirumore, il gilet da pescatore, la reflex tra le mani. Era stata fatta qualche anno prima a Bassano del Grappa, a un raduno degli alpini. Ce l'avevo accompagnato io.

A Linate trovai Costanza ad attendermi. Con lei, finalmente, piansi.

Il giorno dopo chiesi di incontrare il direttore e presentai le dimissioni.

Come un investigatore privato

Quando Susanna gli mise in una mano il certificato di assistenza al parto piegato in quattro, ogni rumore scomparve.

«Facciamo due passi» lo incoraggiò prendendogli l'altra, come se lui avesse ancora cinque anni e non ventitré e lei avesse ancora il compito di non perderlo di vista.

«L'hai già letto?» le chiese mettendosi il passato in tasca.

«Sì, ma adesso devi continuare da solo» gli rispose. «Sei un giornalista. E un giornalista è come un investigatore privato, non te ne serve uno.»

Luca aspettò di essere a casa, prima di dispiegare il foglio. Voleva sentirsi protetto, da lì in avanti nessun altro avrebbe potuto aiutarlo.

Un formicolio gli invase la bocca dello stomaco, mille animaletti cominciarono a camminargli sul petto.

Lesse lentamente tutto quello che riguardava la sua nascita, il giorno, il peso, l'orario. Ma l'informazione più importante era racchiusa in due parole, sedici lettere.

Aprì la bocca, non si era reso conto di aver smesso di respirare.

Ricominciò a leggere da capo, finché non imparò il testo a memoria.

Restò seduto sul letto per più di mezz'ora, appoggiato alla testiera, sopra i cuscini. La combinazione di nome e cognome gli sembrò dolce. La pronunciò a bassa voce, come per accertarsi che fosse vera. Gli fece effetto ascoltarsi, dava concretezza a un'idea, a un'immagine vaga. L'età lo sorprese. Provò a immaginare.

"Sono stato un incidente?" "O il frutto di una violenza?" "Mio padre com'era?" "Non aveva voluto riconoscermi?" "Non poteva aiutarti nessuno?" "Com'è possibile che una quarantenne rinunci a un figlio?"

A questi pensieri si aggiunse un'altra domanda, la più urgente.

"Mi hai mai pensato, in tutti questi anni?"

Chiuse gli occhi. Si sentiva stretto tra il sollievo per la scoperta che aveva appena fatto, un traguardo inseguito e accarezzato a lungo, e l'insensatezza dello scenario che gli aveva aperto.

Cambiò stanza, spinto dal bisogno di scaricare la tensione. Viveva in un piccolo trilocale, arredato di mobili essenziali che aveva preso all'Ikea poco per volta, partendo dalla cucina, un letto e un armadio per i vestiti.

Nel tempo si era aggiunta una libreria in acciaio dai ripiani sottili laccati di bianco, l'unico investimento vero di tutto l'appartamento, che gli aveva dato l'opportunità di trasferire dalla casa dei genitori la sua collezione di «Tex» e i libri che aveva accumulato negli anni.

Gli asciugamani appesi in bagno seguivano una perfetta piega per tre, come pure gli strofinacci della cucina. Il tubetto del dentifricio era pressato dal fondo e si reggeva dritto nel bicchiere accanto al lavandino.

In un accesso di insofferenza, prese il piumino e uscì di casa, senza meta, solo con l'idea di schiarirsi le idee camminando a passo svelto. Aveva già fatto due giri dell'isolato, quando le parole di Susanna riaffiorarono bruscamente nella sua testa.

«Un giornalista è come un investigatore privato.»

Era arrivato il momento di trovare sua madre. Doveva cominciare a cercarla con gli strumenti che aveva a disposizione.

Tornò indietro, salì le scale quasi di corsa, consumò i gradini due alla volta e non appena aprì la porta lasciò cadere per terra il giubbotto.

Andò a prendere il MacBook Air sulla scrivania, lo aprì, si mise seduto e incrociò su Google il nome di sua madre, il cognome e Borgomanero.

Il motore di ricerca non gli diede nessun risultato con quei parametri, però gli propose delle alternative cancellando il comune.

Scorse rapidamente la lista, sentendosi improvvisamente fragile, il coraggio scomparso.

Era davvero pronto a conoscere le sue origini?

Chi era, Luca Martinelli? Un ragazzo fortunato? Una promessa del giornalismo? Un figlio rifiutato?

Richiuse il computer.

Si alzò, prese da un ripiano della libreria del salotto una Moleskine e una penna, andò al tavolo della cucina, grande abbastanza da contenere l'enormità della ricerca che stava per fare, e aprì il monitor.

Soppesò con un'occhiata l'elenco dei link. Lo rimandavano ad altrettanti profili collegati allo stesso nome e cognome. Cominciò ad aprirli, uno per uno, scartando quelli che per età, almeno dalle foto, non potevano corrispondere alla donna che stava cercando.

Ne selezionò una che faceva l'igienista dentale a Gallarate, in un'area geografica tutto sommato non lontanissima dall'ospedale dov'era nato.

Non si era mai chiesto che lavoro facesse l'altra mamma. Che avesse continuato per la sua strada, dopo, lo incuriosiva fino a un certo punto. Perché non era il dopo, ad assillarlo, ma quello che era successo prima.

Il curriculum su LinkedIn gli sembrava compatibile con la figura femminile che si era immaginato.

Un'omonima di Bologna lo lasciava indeciso: il suo profilo Facebook era chiuso, al posto della foto c'era una rosa, era impossibile ricavare altri dettagli dalle conoscenze o dal lavoro, che non erano visibili ai non amici.

Google abbinava lo stesso cognome a nomi diversi, e lui li depennava man mano che li trovava.

Spulciò i risultati con rabbia, uno dopo l'altro, spinto da una furia micidiale.

Si focalizzò, infine, sulle due donne che gli sembrava avessero i requisiti giusti e decise di scrivere a entrambe.

Cercò di articolare un messaggio plausibile, uguale per tutte, non così assurdo da non meritare una risposta. Soprattutto perché arrivava da Luca Martinelli, ed era facile verificare chi fosse e che lavoro facesse.

Dopo una ventina di minuti gli sembrò di aver formulato un testo accettabile. Un espediente ragionevole per giustificare quella richiesta di contatto.

«Buonasera, scusi se la disturbo. Mi chiamo Luca Martinelli, volevo chiederle se è la mamma di Francesco. Ho perso i suoi contatti e non riesco a rintracciarlo. Grazie.»

Lo mandò a entrambe. Richiuse il computer con un misto di trionfo e di terrore. Si preparò da mangiare svogliatamente, fece un po' di zapping in televisione e poi andò a dormire.

Per tutta la giornata successiva guardò il cellulare nella speranza di ricevere una risposta.

La tensione aveva un sapore acido che gli bruciava lo stomaco. Alla fine della mattina sobbalzò quando vide la notifica del messaggio sul cellulare: l'igienista dentale gli aveva appena risposto su LinkedIn.

«Mi dispiace, ha sbagliato persona. Ho due gemelle, non conosco il Francesco che cerca.»

Con uno sforzo di lucidità, realizzò che quella risposta non significava nulla. E non poteva essere altrimenti. Se anche quella donna fosse stata la sua madre biologica, credeva forse che gli avrebbe scritto: non ho un figlio di nome Francesco, ma ne ho abbandonato un altro che avevo chiamato Luca?

Lui non era un investigatore privato. E pure se si sentiva a un passo dalla verità, non sapeva come muoversi per scoprirla.

Sentì montare l'agitazione. Dalla tasca del cappotto prese la boccetta di ansiolitico, la nascose in una mano e andò in bagno, dove si fece cadere dieci gocce direttamente sotto la lingua. La bocca gli si impastò.

Quando tornò alla scrivania trovò Manlio che lo stava aspettando.

«Noi andiamo a mangiare qualcosa, vieni anche tu?» disse indicando Sara con il mento.

Era passato un mese dalla notte dell'incidente del pronto soccorso, ed era la prima volta che aveva l'opportunità di stare con lei, anche se non erano soli.

Dopo quella serata finita così male si erano evitati accuratamente, riducendo al minimo indispensabile le occasioni per scambiarsi due parole, sempre superficiali.

Prima di rispondere a Manlio guardò lei, quasi a chiederle il permesso. Sara gli sorrise e inclinò la testa come per dire dai, andiamo.

«Va bene, lasciatemi prendere tutto, così poi non torno su.»

Trovarono subito un tavolo libero al ristorante all'angolo che accettava buoni pasto, a quell'ora servivano gli ultimi piatti, la ressa era finita.

«Ma voi che ne pensate dell'Agcom che assolve Fedez e Rosa Chemical e, invece, apre un'istruttoria contro Blanco?» aveva appena chiesto Sara, rivolgendosi a entrambi.

«Tanto per cominciare, il bacio tra Rosa Chemical e Fedez era chiaramente concordato» non si era trattenuto Manlio.

«Concordato, mica tanto. La Ferragni ha raccontato su Instagram che per lei *Sanremo* è stato durissimo. Se quei due si erano messi d'accordo, a lei non lo avevano detto» aveva replicato la ragazza.

«Era una messa in scena, non c'era dolo. Blanco, al contrario, ha perso le staffe e ha mancato di rispetto verso il pubblico e verso il palco del Festival» aveva insistito lui.

Sara si era rivolta a Luca: «E tu? Cosa dici?».

«Io? Non l'ho neanche visto quest'anno *Sanremo*» rispose distrattamente.

«Ma i giornali li leggi, però» osservò Manlio, versando l'acqua a tutti. «Ti sembra giusto usare due pesi e due misure tra Blanco che prende a calci i fiori mentre canta e Fedez e Rosa Chemical che si baciano e twerkano davanti a milioni di telespettatori?»

La domanda non ottenne risposta.

«Tutto bene?» gli chiese allora.

«Ultimamente sembri strano.»

Lui e Sara si guardarono fugacemente.

«Scusate, ma il tema non mi appassiona proprio. L'unico motivo per cui questo Sanremo è degno di essere ricordato è la presenza di Mattarella: un gran bel colpo, va riconosciuto. Tutto il resto è noia» aggiunse in un lampo di lucidità, citando Califano, per non dare l'impressione di essere scollegato dalla realtà. Bastò all'amico, che commentò dandone il merito a Lucio Presta, l'agente di Amadeus. Lei, invece, riprese a fissarlo in silenzio.

L'arrivo della pasta fumante interruppe la conversazione e per i minuti successivi Luca si finse più impegnato di quanto non fosse a evitare di sporcarsi di sugo con l'amatriciana, mentre gli altri due riprendevano a parlare.

Quando Manlio si alzò per andare in bagno, Sara prese coraggio e gli chiese se stava meglio. Non aveva specificato da quando, non c'era bisogno.

Lui evitò di guardarla, concentrandosi piuttosto sulla pallina che aveva appena fatto con la mollica del pane e che stava stendendo sul tavolo con l'indice e il medio. Ma quando lei, perentoria, gli bloccò la mano, ebbe un sussulto e tirò su la testa.

«Sto parlando con te» gli disse calma.

Aspettò un momento, poi volse lo sguardo alla mano ferma sulla sua. Sara la ritrasse. Luca lasciò andare il microscopico impasto e anche lui ritirò la sua.

«Un pochino meglio» e si voltò in direzione della toilette per vedere se Manlio stava rientrando.

«Se hai bisogno io ci sono. Puoi contare su di me» la sentì dire.

Solo allora la guardò dritto negli occhi.

«Lo so, Sara. Grazie.»

L'amico tornò poco dopo. Luca si scusò e disse che doveva proprio andare.

«Non aspetti il caffè?» gli fece Manlio.

«Oggi no, voglio mettermi a dormire un paio d'ore.»

Dalla cassa si voltò per salutarli, ma loro avevano ripreso a parlare e non lo guardavano più.

Luca salì in macchina e, con la radio spenta, guidò verso casa.

Entrando, si tolse le scarpe e le mise nella cesta di vimini accanto alla porta blindata.

Aveva l'impressione che gli stesse sfuggendo qualcosa, che non avesse ancora fatto tutto quello che poteva per risalire alla madre.

In cucina si mise davanti al computer e rifece la stessa indagine del giorno prima, verificando ogni possibile alternativa che il motore di ricerca gli offriva, quasi sempre le stesse opzioni riproposte qualche link più in basso.

Questa volta si spinse oltre la quarta pagina, senza convinzione. In alto, un articolo del «Corriere della Sera» catturò la sua attenzione.

«La monaca che raccontava l'Italia: "Adesso viaggio con la preghiera".» Catenaccio: «Giulia Belgioioso, l'inviata del "Corriere" che ha scelto la clausura: "Sull'Isola di San Giulio ho trovato la pace"».

Cliccò sopra il link e un messaggio di errore gli lasciò l'amaro in bocca. Il testo non era più disponibile.

Una strana inquietudine lo agitò.

Insistette, ma non ottenne altro che la scritta: ERRORE 404. Non c'era verso, l'articolo era inesistente.

Si fermò per pensare a una soluzione. E rimase qualche minuto in silenzio, fissandosi sul titolo.

Dal frigo prese una bottiglietta di acqua tonica e la rovesciò in un calice per il vino rosso, dove aveva aggiunto cinque cubetti di ghiaccio. Mentre si stava sedendo di nuovo, gli venne un'idea. Prese il cellulare e mandò un messaggio a Elisabetta, la giornalista con la quale aveva firmato il primo articolo sul «Corriere della Sera».

«Ciao Eli, come stai? Ho bisogno di un grande favore. Mi serve un articolo uscito sul "Corriere" nel

2005, lo trovo su Google, ma non riesco a leggerlo, mi dà l'errore 404. Magari era solo online, oppure ne esiste una copia cartacea. Puoi aiutarmi?»

Nel messaggio successivo allegò il link da Internet.

A entrambi comparve una sola spunta, segno che il telefono di Elisabetta doveva essere spento. Andò a stendersi sul letto, all'improvviso si sentiva stanchissimo.

Si addormentò e fece un sogno strano. Era a una conferenza stampa, non riusciva a capire chi fosse al centro dell'intervista, ma a giudicare dalla quantità di colleghi presenti doveva essere qualcuno di importante. Quando fu il suo turno di fare le domande, dalla bocca non uscì alcun suono. Tentò ancora, ma continuava a restare muto. Allora si mise a gridare, o almeno a tentare di farlo, ma ancora non riusciva a dire niente. Finché non sentì il suono di un campanello che annunciava la fine della conferenza stampa.

Si svegliò sudato, con una sensazione di impotenza vivida. E sentì un altro scampanellio, come quello che aveva interrotto il sogno. Era il suo cellulare. Allungò il braccio sul comodino per prenderlo e controllò chi gli aveva scritto. Un messaggio era della mamma. Ma non lo aprì nemmeno, andò subito sull'altro. Arrivava da Elisabetta.

«Ciao Luca, tutto bene. Sono a San Francisco per lavoro. Nessun problema, chiedo all'archivio e appena mi mandano il PDF te lo giro.»

La mail con il PDF gli arrivò qualche ora dopo. Luca stava cenando davanti al computer. Con una mano mangiava e con l'altra cercava sui siti spunti dell'ultima ora per la mattina dopo. L'alert sullo schermo lo gelò, lasciandolo con la forchetta per aria. Abbandonò sul piatto la mozzarella con i fagiolini, e aprì subito l'allegato.

Lo colpirono anzitutto due immagini. In quella a sinistra, c'era una giovane donna seduta al tavolo di un bar con il capo chino sul computer, l'espressione attenta. Avrà avuto tra i trenta e i quarant'anni. Gli arredi del locale erano in legno, sopra di lei si intuivano degli scatti in bianco e nero. I capelli, chiari e mossi, erano tenuti fermi da una matita, che le spuntava sulla testa. Indossava un lupetto scuro. Non si vedeva molto altro. Probabilmente non si era accorta che la stavano fotografando. Zoomò sulla didascalia e lesse: «Giulia Belgioioso al Ted One, l'appendice gastronomica del "Corriere della Sera"».

Accanto a quello scatto ce n'era un altro. Qui la giornalista era già una suora. Sorrideva all'obiettivo seduta in un giardino, sopra una panca di cemento. Poteva capire poco, da quell'immagine. Gli occhi, il naso e la bocca non gli restituivano somiglianze alle quali aggrapparsi. La didascalia raccontava che suor Maria Benedetta era nel monastero benedettino dell'Isola di San Giulio, nel Novarese.

Per quanto si sforzasse, quella donna gli appariva come un'estranea.

Poi cominciò a leggere l'articolo. E un passaggio lo fece incollare allo schienale della sedia. Giulia Belgioioso era entrata in convento nel 2000. Dunque, volendo abbandonarsi alla fantasia, subito dopo la sua nascita.

La tempistica non era una prova, ma gli indicava almeno una pista.

Era arrivato il momento di telefonare a Susanna.

Giulia

La parte più difficile fu dirlo a Costanza. Eravamo a casa sua, un bel trilocale in zona Paolo Sarpi, dove tanti colleghi avevano preso casa per la comodità di andare al lavoro a piedi o in bicicletta.

Aveva appena messo la moka sul gas, eravamo in cucina, da un mobiletto aveva tirato fuori dei biscotti e li stava rovesciando in una ciotola.

«Ho dato le dimissioni. Per un po' torno in convento» le dissi senza darle il tempo di sedersi. Mi guardò sorpresa, con la confezione a mezz'aria. Restò immobile, poi la schiacciò con rabbia sul tavolo, il contenuto fece un rumore secco.

«Giulia, sei impazzita?»

Mi aspettavo quella reazione. Allungai la mano su un mandarino della fruttiera e lo feci ruotare tenendolo per il picciolo.

«Giulia, dimmi che stai scherzando. Non puoi averlo fatto. Cosa ti ha detto il direttore?»

«Per adesso le ha rifiutate, mi ha imposto un mese di ferie, ma non credo che cambierò idea.»

Costanza chiuse gli occhi. «Per fortuna c'è qualcuno che ancora ragiona» commentò con sarcasmo.

Il caffè aveva cominciato a uscire, e il borbottio fece rialzare la mia amica, che restò accanto alla caffettiera. Aveva bisogno di concentrarsi su qualcosa che la distogliesse da me, dall'errore che secondo lei stavo commettendo.

«Per favore, non lanciarmela addosso» le dissi per sdrammatizzare, vedendo che continuava a darmi le spalle. Dopo aver spento il gas si voltò verso di me. Stava piangendo. La voce tradiva la rabbia, e anche la preoccupazione. «Per favore, Giulia, pensaci. Sei sotto shock per la morte di Renzo, ci sta. Ma non buttare all'aria tutto quello che hai costruito. Non essere impulsiva. Il direttore ha ragione. Se proprio vuoi andartene in convento, mettiti in ferie, stacci finché non ti sarai stufata. Ma in questo stato d'animo non prendere decisioni dalle quali non potrai tornare indietro.»

Mi alzai in piedi e l'abbracciai forte. «Costanza, amica mia. Stai tranquilla, non sono una bambina. Ho quasi quarantun anni. So prendere le mie decisioni. Sento che ho bisogno di questo, adesso non c'è nessun altro posto dove vorrei andare.»

Lei si divincolò dal mio abbraccio. «Sei un'immatura e un'irresponsabile. Guarda che Renzo manca pure a me. Cosa credi? Di avere l'esclusiva del dolore?

Era anche mio amico!» sbottò con rabbia. La faccia le era diventata rossa. «Sei una pazza, ecco cosa sei!» aggiunse andandosene in un'altra stanza e lasciandomi sola, con il mandarino tra le mani.

In quel momento sperimentai quello che suor Maria Angelica mi aveva anticipato: nessuno mi avrebbe capito. Nemmeno gli affetti più cari avrebbero rispettato quel bisogno che avevo di ossigeno, di aria pura.

Il caffè ormai era freddo e Costanza non si decideva a tornare in cucina. Dal nido di legno accanto al frigorifero uscì l'uccellino dell'orrendo orologio a cucù che avevamo preso ai mercatini di Brunico con Renzo e che le avevamo regalato per un Natale di qualche anno prima, più per scherzo che per vederlo appeso a una delle sue pareti. Ricordo ancora la sera a cena, quando glielo avevamo portato. Renzo l'aveva osservata scartare il pacco come una bambina, mentre strappava senza alcuna cura la carta da regalo. «Mioddio, è terrificante» aveva commentato guardandoci divertita, gli occhi ingigantiti dalla sorpresa. Lui mi aveva preso la mano e alzandola le aveva detto che era stata una mia idea. «Solo a te poteva venire in mente» mi aveva rimproverato lei, stampandomi un bacio sonoro sulla guancia.

Un'ondata di tristezza mi attraversò, rivedendo quella scena. La morte di Renzo era accantonata in un angolo remoto del mio cervello, come una di quelle notizie che riguardavano gli altri e che avevo letto mille volte nelle agenzie sul computer, con il monitor che mi proteggeva dai fatti, quasi irreali fino a quando non andavo sul posto a raccontarli.

Eravamo ben lontani, a quei tempi, da Internet e dalla presa diretta dei social, con i cittadini che si improvvisano cronisti o, peggio ancora, filmano un reato mentre si sta consumando anziché intervenire per impedirlo, immagini assurde di chi fa un video dell'uragano e non pensa, piuttosto, a mettere in salvo se stesso e chi può averne bisogno.

Le cronache arrivano anche in convento. Oggi faccio fatica a concepire certe scene. Mi sembra tutto troppo veloce, e per me era folle già nel 1999, quando ho scelto di fermarmi qui. Non so se adesso avrei gli anticorpi per sopravvivere nel mondo, è un pensiero che talvolta disturba la mia pace.

Costanza non si decideva a tornare. Stavo per andarmene, quando ricomparve in cucina, il volto indecifrabile.

«Va bene, proviamo così» mi annunciò arresa. «Se è di questo che hai bisogno, fai come dici. A Orta San Giulio ti ci accompagno io.»

«Non osavo chiedertelo. Ne sarei tanto felice.»

Il caffè non lo bevemmo. Tornai subito a casa, dovevo occuparmi della mia partenza.

Costanza mantenne la parola. Quel giorno, in macchina, parlammo poco. «Lo sai che è una fuga, vero?» disse a un certo punto, dal nulla. Aspettai prima di risponderle: «Forse sì, ma ho bisogno di farlo, perché in monastero mi sono sentita in pace».

Parcheggiò in un piazzale vuoto: il freddo per certo scoraggiava le gite, e poi era un giorno infrasettimanale, anche questo spiegava l'assenza dei turisti.

Quando arrivammo all'imbarcadero, uno dei tassisti ci avvisò che sarebbe partito dopo un quarto d'ora. Avevamo il tempo di un caffè, questa volta riuscimmo a berlo.

«Sei proprio sicura? Guarda che possiamo tornare indietro adesso» mi chiese un'ultima volta mentre aspettavamo che ce lo servissero sedute all'aperto. L'aria ci pizzicava la faccia, entrambe avevamo le guance arrossate dal freddo. Il cielo era basso e grigio, probabilmente di lì a breve avrebbe nevicato. Le montagne che circondavano la conca del lago erano già imbiancate.

«Ho bisogno di stare qui. E, soprattutto, lo desidero» le dissi stringendole un guanto.

«Quando vuoi chiama e ti vengo a riprendere» replicò. Potevo leggerle la preoccupazione negli occhi. Fino all'ultimo non si arrendeva, la mia amica magica.

Era ora di andare. Guardai un'ultima volta Costanza, e con un senso di impazienza afferrai la mano che il tassista mi aveva teso per salire a bordo. Nel tempo immobile di quel breve viaggio, mi avrebbe traghettata dalla mia vita precedente a quella nuova.

Finalmente avevo risposto alla chiamata.

La pista

Luca aveva riletto l'intervista venti volte prima di chiamare Susanna, l'unica persona con la quale avrebbe potuto condividere la sua scoperta.

Quell'articolo non gli dava nessuna certezza, ma gli lasciava una smania micidiale. La barista di Bologna non gli aveva ancora risposto, e non poteva escluderla. Ma sentiva che questa era la sua pista. E l'avrebbe percorsa fino in fondo.

La testa gli scoppiava, quando digitò il nome della sorella sulla tastiera del telefonino.

«L'ho trovata» esordì mordendosi le pellicine del pollice.

«Sei sicuro?» replicò Susanna.

«No, ma è la strada che più si avvicina.»

«Raccontami tutto per bene.»

Spiegò per sommi capi come aveva impostato la ricerca, liquidò in fretta i primi due tentativi e si animò parlando della monaca.

«Ci sarà pure un collegamento tra Borgomanero e Orta San Giulio!» aggiunse caricando di speranza l'esclamazione.

«Un collegamento? Solo perché sono nella stessa provincia?» Susanna aveva alzato la voce.

Luca cominciò a camminare avanti e indietro, trattenendo l'impulso di risponderle male.

«Magari viveva in zona» replicò irritato.

La sorella spostò lo sguardo fuori dalla finestra del suo ufficio, era già buio. Quando ricominciò a parlare, si era ricomposta.

«Luca, sono preoccupata.»

«Non devi. Proprio adesso che ho qualcosa in mano?»

«Non hai niente in mano, Luca!»

Batté un pugno sulla scrivania, il fratello sentì distintamente il colpo.

«Hai un nome, un cognome, una data di nascita. Non hai altro. E la donna di Bologna, allora? Pure lei si chiama Giulia Belgioioso, non vuoi aspettare almeno che ti risponda?»

Lui si fermò. Cominciava a sentire freddo ai piedi a furia di calpestare le mattonelle di ceramica. Raggiunse il tappeto e si sedette sul divano, incrociando le gambe nella posizione del loto.

«Aspetto» le disse. «Nel frattempo, però, vado al monastero.»

Susanna cambiò tono, cercò di addolcirlo. La foto del fratello con i genitori il giorno della sua laurea le fece venire il magone. Sentì il peso delle omissioni con il padre e la madre, e la responsabilità di aver incoraggiato e aiutato Luca nella ricerca. Non sapeva come proteggerlo da un'eventuale delusione.

«Ma se non è lei?»

«Voglio andare lì per scoprirlo.»

«E se si fosse trasferita? Se è morta? Luca, fermati un attimo a ragionare con me, ascoltami. Se poi davvero fosse lei, hai pensato a cosa fare dopo? Nemmeno per l'igienista dentale avevi prove, però ti è bastato che dicesse di non aver avuto un maschio per fermarti, come se quella fosse già una prova. Cosa c'è di diverso, adesso? E, soprattutto, come pensi di scoprirlo?»

«Stai tranquilla. Mica vado in monastero a chiederle: "Scusa, sei mia madre? Perché mi hai abbandonato?".»

«No?»

«Non lo so. Devo capire...»

«Ecco, non fare cazzate. Che stanno cominciando a essere tante. E in mezzo ci sono pure io.»

«Susanna, lo sapevi che dandomi il nome e il cognome non mi sarei fermato.»

«Spero di non aver sbagliato» gli rispose mesta. Perché tra le fotografie sorridenti che incorniciavano la sua vita, le pareva di cogliere per la prima volta il vero rischio di quella caccia al tesoro. Il più pericoloso. Che suo fratello si allontanasse per sempre.

«Quanti anni ha, questa monaca? Hai fatto almeno una verifica? E da quanto tempo sta in convento? C'era scritto nell'articolo?»

«Grosso modo potrebbe coincidere. Mi pare.»

«Ti pare o coincide?»

«È entrata nel 2000. Combacia. Prima ha partorito e poi si è fatta suora.»

«Beh, ci sta. Una partorisce e poi si fa suora. Non fa una grinza.»

«Susanna, basta, non tormentarmi!»

«Ok, stai calmo però. Pensa bene a quello che vuoi fare.»

«Ma scusa, non sarà solo una coincidenza che faceva la giornalista. È sempre stato il mio pallino, lo sai anche tu!»

«Non so. Sì, è vero...»

«Nell'articolo c'era una foto. Anzi, due. Te lo mando?»

«E me lo dici solo ora? Mandamelo subito e ci risentiamo dopo.»

Riattaccò e le inoltrò il PDF su WhatsApp.

Susanna aveva ragione, non poteva essere sicuro che fosse sua madre. Ma sentiva di dover provare. Cosa gli costava?

Tornò in cucina, riaprì il computer, sulla tastiera pestò come un forsennato il nome dell'abbazia dove si era ritirata Giulia Belgioioso per diventare suor Maria Benedetta. La pagina web gli restituì un paesaggio da cartolina, con il monastero che occupava quasi tutta l'isola in mezzo al lago d'Orta. Cliccò all'interno del sito Internet, scartabellando tra le attività delle monache, la giornata scandita dalla preghiera, la storia della comunità, la biografia della fondatrice. Offrivano anche ospitalità ai pellegrini.

Dovette spulciare un po' prima di trovare quello che stava cercando. Ma la sua perizia fu premiata. Ecco il nome: madre Maria Benedetta. Era diventata la badessa. Una piccola immagine in bianco e nero ne mostrava il volto. Era più vecchia rispetto alla foto sul «Corriere», ma il sorriso era rimasto lo stesso.

Le sorrise di rimando, mentre un testacoda di pensieri gli dava l'impressione di deragliare. Il vento riprese a soffiargli nello stomaco. Si rialzò per prendere dalla tasca del cappotto la boccetta di Xanax. Stava per aprirla, quando squillò il cellulare. Era Susanna.

«Allora?»

«Tutto può essere.»

Con voce incerta le chiese l'unica cosa che gli interessava.

«Secondo te, mi somiglia?»

Giulia

Il 3 febbraio del 1999 sono entrata nell'abbazia Mater Ecclesiae con pochi vestiti, un paio di scarpe, nessun computer. Il cellulare lo avevo spento mentre stavo lasciando Milano, e così lo tenni per tutta la permanenza.

Madre Maria Teodora, la badessa, venne ad accogliermi in portineria. I nomi sono importanti. Il suo rispecchiava il ruolo che di sicuro ebbe nel mio salto. Come un filo d'oro fu sempre al mio fianco, nelle quattro settimane che seguirono non mancò di farmi sentire accolta e sostenuta, pronta a offrirmi un corrimano invisibile al quale appoggiarmi.

Cominciai a rendermi utile, svolgendo turni di servizio in cucina e in lavanderia. Pulivo le celle dei pellegrini, tenevo in ordine la cappella.

La preghiera creava l'architettura delle mie nuove giornate, nel resto del tempo ero totalmente assorbita dalle mansioni pratiche.

Non saprei dire in quale modo questa nuova routine abbia agito nel mio cervello. So che un giorno, mentre rimettevo al loro posto i libretti sui quali gli ospiti seguivano la liturgia delle ore nella cappella, mi sedetti nell'ultima panca e cominciai a piangere, sopraffatta da un sentimento di gioia.

«Sei entrata in uno stato di grazia» mi spiegò la badessa quando le raccontai cosa mi era successo. Eravamo nel piccolo parlatorio di santa Scolastica, una stanzetta con una finestra che si affacciava al chiostro, tre sedie e un tavolino quadrato. Ero lì ormai da venti giorni.

«Devi nutrirti di questi momenti, saranno preziosi quando ti sentirai sola o scoraggiata.»

Non riuscivo a capire come quella donna potesse leggermi nel pensiero e dirmi sempre le cose giuste al momento giusto. Quella totale comprensione, senza giudizio, fece breccia nel mio cuore e sentii sciogliersi la tensione accumulata in giorni, in mesi, in anni vissuti senza chiedermi perché facessi quello che facevo, perennemente di corsa, un servizio dopo l'altro, un turno di notte dopo l'altro, un appuntamento con Renzo dopo l'altro.

«Provo un senso di fatica micidiale. La vita come l'ho vissuta finora non mi rende più felice» riuscii a dire singhiozzando. Si infilò una mano nella tasca e mi offrì un fazzoletto di stoffa bianco, con delle piccole rose ricamate ai bordi. Lasciò che mi sfogassi.

Quando mi fui calmata spostò la sua sedia verso l'icona che raffigurava la Madonna con le mani giunte e il capo reclinato, forse intenta a guardare il figlio con un'espressione dolce.

«Diciamo insieme una preghiera» suggerì madre Maria Teodora. E sistemandosi meglio, si fece il segno della croce.

La imitai, come in trance.

«Continua a pregare» aggiunse alla fine. E si alzò lasciandomi sola.

Non capivo come mi sentivo, se esausta, o triste, o addolorata, o arrabbiata. Non volevo rinnegare la mia vita di prima, ma d'un tratto mi sembrava intollerabile aver potuto correre ogni giorno senza mai chiedermi: sei felice, Giulia? Ti manca qualcosa? Il tuo cuore è in pace?

Passò un'altra settimana e finì il mio mese di ferie forzate. Era arrivato il momento di ritornare a casa e di affrontare di nuovo la mia vita di prima.

Salutai la badessa con una nota di malinconia, quel luogo mi mancava ancora prima di andarmene.

All'imbarcadero trovai Costanza, che era venuta a prendermi. Ma questa volta mi sembrò diversa, io per certo lo sembrai a lei. Stranamente non avevamo molte cose da dirci, nessuna riusciva a cominciare a parlare, così lei aveva acceso la radio. Io, però, mi scoprii irritata dalle pubblicità, dalla voce troppo alta degli speaker, dai brani che mi parevano urlati, non cantati. All'ingresso di Milano la coda di auto ci costrinse a procedere a passo d'uomo, e il dilatarsi del tempo da condividere nello spazio stretto dell'abitacolo aumentò il nostro imbarazzo.

Lei continuava a cambiare canale, alla ricerca di non so quale stazione radio. Io continuavo a ripensare alle parole che avevo detto alla badessa un paio di giorni prima di uscire.

«Desidero restare. Mi sento più tranquilla, da quando sono con voi.»

Eravamo in piedi nel parlatorio di san Benedetto, la sala più grande dedicata ai colloqui, stavo per tornare nella mia cella. Il suo sguardo restava indecifrabile. Poi aveva allargato le braccia e le aveva richiuse prendendomi le mani.

«Giulia, qui devi sentirti accolta, perché lo sei. Ma la tua non può essere una fuga.»

Lo aveva detto anche Costanza.

«Non mi sto nascondendo» avevo risposto fin troppo in fretta, quasi a giustificarmi.

Mi aveva stretto le mani ancora più forte. «Lo so!» disse. E questa volta mi aveva sorriso.

Davanti a un'Alfa 147 grigio metallizzato, Costanza mi chiese se avevo programmi per i giorni successivi, e le risposi in modo vago. In realtà la sua domanda cominciò a farmi pensare alle cose che non potevo rimandare. Dovevo passare in banca e in redazione, queste erano le più urgenti. Non avrei avvisato nessun parente, almeno di quello non c'era bisogno. Tolto mio zio, che era scomparso da un pezzo, e i miei genitori, che avevano fatto appena in tempo a vedere la mia carriera decollare prima di mancare, non c'era nessuno con cui volessi condividere il passo che stavo per compiere.

Il direttore mi ricevette qualche giorno dopo, alla fine della riunione delle undici. Entrai nel suo ufficio a piccoli passi, con lo stesso timore reverenziale con il quale molti anni prima avevo varcato il portone di via Solferino 28, sentendo il peso della sua storia.

«Allora, stai per dirmi che riprendi servizio oggi?» mi accolse alzandosi in piedi per venirmi incontro. Mi fece cenno di sedermi su una poltrona, lui occupò quella di fronte.

«No, direttore. Sono venuta a dirti che ti ringrazio per tutti questi anni passati insieme, sono stati bellissimi. Ma voglio dimettermi.»

Le spalle gli si incurvarono, scavallò una gamba.

«Non posso provare a farti cambiare idea?»

«No, però ti sono davvero grata. Se insisti è perché ci tieni e questo per me è importante.»

Sospirò.

«Sei adulta. Vorrei fermarti, ma immagino tu ci abbia pensato bene, anche in queste ultime settimane. Ma allora è vero? Costanza me l'ha detto, è preoccupata. Torni in convento?»

«Non dovete preoccuparvi per me. Costanza capirà, prima o poi.»

Con un dito seguì la cucitura della poltrona, probabilmente domandandosi se il mio fosse un esaurimento nervoso e se non dovesse fare un altro tentativo. Ma credo che un po' abbia invidiato la mia capacità di sterzare e cambiare strada. Lo avevo sentito dire almeno una volta a tutti i miei colleghi: c'era chi voleva aprire un chiringuito alle Canarie, chi voleva trasferirsi in Portogallo, chi sognava di vincere al Superenalotto per cominciare daccapo, senza specificare come.

«E allora va bene. Ci mancherai, Giulietta» riuscì a dirmi. Forse, credeva semplicemente che stessi buttando via la mia vita, un'inviata speciale nel pieno della sua carriera non si licenzia da un giorno all'altro dal «Corriere della Sera» per entrare in monastero. A meno che non sia impazzita. Per certo lo ero. Era la cosa più rassicurante da pensare.

Uscita da lì passai da Costanza. La trovai alla scrivania, intenta a controllare le agenzie al computer. Era sola nella stanza. Mi guardò senza parlare, restando seduta. «Non mi saluti? Sto andando» le dissi, affacciandomi alla porta.

Finse di chiudere dei documenti con il mouse, o lo fece per davvero, dalla mia posizione vedevo soltanto il retro del monitor e la sua mano che disegnava degli otto sul tappetino. Era rigida sullo schienale, sembrava concentratissima.

Quando l'avevo chiamata, la sera prima, avevo rifiutato la sua proposta di una cena di addio con i colleghi più stretti, quelli dei viaggi senza preavviso, degli ossi buchi all'una di notte che ancora non so come riuscivamo a digerire.

Si ostinò a tenere lo sguardo fisso al computer. La sua indifferenza fu la parte più dolorosa del mio commiato da Milano. Viveva la mia decisione come un tradimento, la stavo abbandonando. In fondo, la nostra amicizia era fatta di condivisioni e di specchi, l'una si vedeva nella vita dell'altra.

«Allora ciao» le dissi dalla porta. Non mi rispose. Restò immobile, smise perfino di disegnare i suoi stupidi otto e io me ne andai con un groppo in gola.

Tornai a Orta San Giulio da sola, in treno, cambiando a Novara. Non mi dispiacque partire da Milano senza nessuno a salutarmi alla stazione. Volevo sentire la responsabilità di ogni passo che stavo compiendo, godermela.

E un germoglio di felicità fiorì non appena rividi l'isola, dall'alto della scalinata che portava al centro del paese, avvolta da un anello di nebbia.

Quando poi scesi dal battello e misi piede sulla terraferma mi sentii di nuovo a casa, finalmente, con la mia nuova famiglia, a contatto con una sorgente di pace dalla quale era diventato impossibile stare lontana.

Trascorsi in uno stato di quiete altre settimane, fatte di lavoro e discernimento. Avevo chiesto di poter cominciare il postulandato, il periodo di sei mesi al termine del quale la postulante può fare domanda per la vestizione ed essere ammessa all'anno di noviziato canonico.

La badessa mi suggerì di non avere fretta. E il suo consiglio mi portò dritta a Renzo, un pensiero fisso e rimosso.

La notizia della sua morte mi aveva messa di fronte all'ineluttabile. Non che non avessi avuto già dei lutti da elaborare, ma avevo avuto la fortuna di salutare chi amavo, di accompagnarlo fino al passo definitivo. Era successo con mia madre, prima, e con mio padre, poi. Mi ero preparata, per quanto non siamo mai pronti davvero: davanti alla morte dei nostri genitori restiamo sempre piccoli e nudi.

Ma con Renzo mi ero sentita come chi sta per salire sull'ascensore e solo per un soffio si accorge che non è arrivato al piano. Il vuoto che mi si era spalancato davanti mi aveva lasciato una sensazione di incompiutezza. Non lo avrei più rivisto. Non avrei avuto la possibilità di vederlo felice anche senza di me.

Se non lo avessi lasciato, se non avessimo preso due aerei diversi, se avessi dato al destino la possibilità di scrivere per noi una pagina diversa, sarebbe stato ancora vivo?

Erano domande che riuscivo ad acquietare solo con la preghiera, la mia alleata più grande. Il rosario blu me lo portavo sempre in tasca, pronto per sostenermi ogni volta che la ragione prendeva il sopravvento sul cuore. Inginocchiata sul prato del giardino interno, nascosto agli occhi dei visitatori, alternavo ricordi ad Ave Marie, finché la mia attenzione tornava a focalizzarsi sulla madre di Dio piena di grazia e lasciava andare scene di una vita già vissuta, che non sarebbe mai tornata.

Con aprile sbocciò la primavera, i cardellini tornarono sui rami degli alberi, l'aria sprizzava della natura che si svegliava. E qualcosa cominciò a muoversi anche dentro di me. Il germoglio di una promessa, il baccello di una vita nuova.

Feci i conti: non avevo il ciclo da tre mesi. Non ci avevo fatto caso, lo avevo collegato ai cambiamenti delle ultime settimane.

E, invece, ero incinta di te.

La partenza

Quando Luca non si presentò a colazione, madre Maria Benedetta non lo trovò strano. Forse dopo la messa era ritornato nella sua stanza a dormire. Scese in portineria e trovò suor Maria Paola in bilico su uno sgabello, mentre riponeva un libro nello scaffale più in alto.

«Stai attenta, che abbiamo bisogno di te tutta intera» la rimproverò bonariamente.

«Oh, madre, dovevo prendere la scala, ma ho peccato di pigrizia» le rispose con un balzo che le gonfiò la veste come una mongolfiera.

Quel locale del piano terra era dedicato alla vendita di libri religiosi, di candele, di icone di legno e piccoli oggetti artigianali fatti dalle monache.

La portineria era separata dallo stanzone da una porta con le grate, attraverso la quale i pellegrini pagavano i loro acquisti a suor Maria Paola, che in loro presenza si chiudeva dentro.

«Non ho ancora visto Luca, il giornalista. Non ha fatto colazione. Per caso è passato da qui?»

«No. Devo dirgli qualcosa, se viene?»

«Sì, grazie. Anzi, chiamami. Riesco a dedicargli un'oretta alle 10.30.»

Suor Maria Paola si chiuse nel gabbiotto, dove l'attendeva il registro nel quale programmavano le visite. La badessa, invece, sparì dietro un'altra porta.

Luca non si fece vivo né a pranzo né a cena.

Di sera, dopo compieta, madre Maria Benedetta passò dall'ufficio nel quale sbrigava le incombenze burocratiche e accese il computer per controllare i messaggi arrivati quel giorno. La mail di Luca brillò sullo schermo.

Un'inquietudine la colse, mentre sceglieva di leggerla per prima, accantonando le altre.

"Gentile Badessa, sono dovuto rientrare a Milano per un colloquio importante di lavoro che non era stato pianificato per oggi. Mi dispiace essere andato via così all'improvviso, cercherò di tornare già domani, se riesco, per completare la nostra chiacchierata e raccogliere il materiale che manca per il podcast. A presto, Luca."

Il monitor le illuminava la faccia, mostrando increspature sulla fronte che tradivano gli interrogativi sul misterioso colloquio al quale Luca non aveva mai fatto cenno. La curiosità indugiò un po' troppo fra i suoi pensieri.

Di lui conosceva le cose che le aveva raccontato durante i precedenti incontri e quel poco che aveva letto online prima di decidere di accoglierlo. Ma avrebbe voluto sapere di più. Sui genitori, per esempio. E sulla sorella, di cui intuiva l'importanza.

Si appoggiò allo schienale per raccogliere le idee, poi con uno scatto di reni si protese in avanti, per aprire le altre mail inevase e chiudere la giornata.

Luca aveva ricevuto la sera precedente il messaggio su WhatsApp che lo aveva costretto a partire. Dopo essere tornato nella sua stanza aveva riacceso il cellulare. Il nome del mittente gli aveva fatto fare un balzo sul letto.

«Ciao Luca, come stai? Direi che ci siamo. Se ti va puoi passare domani per quella famosa chiacchierata che ti avevo proposto mesi fa. Adesso i tempi sono maturi. Vuoi venire a mezzogiorno, quando ho finito il programma?»

Andrea Peroni era il direttore della principale radio concorrente. Lo aveva conosciuto di persona prima di Natale, a uno dei tanti brindisi che rendono impossibile girare con l'auto a Milano nei giorni prefestivi. Ma lo sentiva familiare ben prima di incontrarlo.

Era cresciuto ascoltandolo, la sera in replica o la mattina, quando non andava a scuola. Il suo nome, leggendario per chi faceva la radio, era associato indissolubilmente al network di un gruppo che dell'informazione aveva fatto un marchio, con due quotidiani, un settimanale e altre due emittenti radiofoniche. Ma la radio che dirigeva aveva conservato un taglio più commerciale rispetto alle altre testate giornalistiche della stessa galassia.

Quando si era avvicinato per salutarlo, Peroni gli aveva fatto capire che sapeva chi fosse e cosa facesse, e Luca ne era stato lusingato. Avevano scambiato due chiacchiere – come ti trovi dove sei adesso? cosa vorresti fare? – e prima di allontanarsi lo aveva salutato con una frase buttata lì con nonchalance: «Dammi il tuo numero, ho in mente una cosa, ma non è ancora il momento. Quando sarà, te ne parlerò».

E il momento era arrivato mentre si trovava sull'isola.

Luca avrebbe potuto benissimo rimandare l'incontro e aspettare di finire il lavoro in monastero. Ma il suo, lì, non era un lavoro come gli altri, gli pesava il triplo.

Ogni ora che passava in quel fazzoletto di terra gli toglieva il fiato.

A compieta si era alzato ed era uscito prima che finisse il salmo. Era sceso per le scale di corsa, stando attendo a non inciampare sui gradini ripidi che dalla cappella riportavano alla base del monastero.

Una volta fuori, aveva dovuto respirare a pieni polmoni, per far uscire l'insofferenza e ritrovare la calma.

Non tollerava più le preghiere, le conversazioni a tavola sorvegliate dal cappellano, le domande alla badessa che ancora non avevano raggiunto il loro vero scopo. Le gocce non lo calmavano più, l'ansia cresceva. Voleva una birra, un panino, la vita di prima, di quando ancora non sapeva nulla e la ricerca di sua madre non era la sua ossessione.

Aveva bisogno di allontanarsi e il colloquio con Andrea Peroni gli aveva dato la scusa perfetta per prendersi una pausa, o meglio, per fuggire. Dopo aver aspettato così tanto, aveva paura di quello che avrebbe scoperto. Non si sentiva forte abbastanza per arrivare fino in fondo, proprio quando era a un passo dal traguardo.

A Peroni aveva risposto che si sarebbero visti il giorno dopo in tarda mattinata.

Giulia

Ho pronunciato i voti definitivi nel 2003, davanti al vescovo e alle mie consorelle. Avevo scritto una lettera a Costanza, qualche settimana prima, invitandola. Nella tranquillità che avvolgeva il monastero dopo compieta, avevo cercato le parole per spezzare il silenzio che ci separava da anni.

«Amica cara, non so da dove cominciare, se non dall'ascolto del mio cuore. Non sono più Giulia, il mio nome adesso è Maria Benedetta.»

Avevo iniziato dal nome, che madre Maria Teodora mi aveva dato tre anni prima, al termine del mio postulandato, illuminata dallo Spirito Santo. È il momento che considero ancora il più emozionante, nel mio percorso di fede.

Eravamo nella sala capitolare, intorno a noi tutte le consorelle aspettavano raccolte che la madre superiora officiasse quel rito di passaggio. Non erano spettatrici, partecipavano con la preghiera e con i gesti. Quando la badessa mi lavò i piedi, loro si avvicinarono una alla volta per baciarli. In quegli istanti mi sentii attraversata da una gioia purissima, con la certezza di aver seguito la strada giusta.

Quando mi inginocchiai, la badessa mi tagliò i capelli. Caddero a terra, con un suono ovattato, mentre dentro di me sentivo una separazione netta: stavo lasciando andare chi ero, stavo nascendo di nuovo.

Le consorelle continuavano a seguire la cerimonia con le mani giunte, raccolte in preghiera. Madre Maria Teodora a quel punto mi consegnò l'abito monastico con il velo bianco e lo scapolare. Poi, dolcemente, mi aprì il palmo della mano destra, e con un gesto lieve e solenne vi depose un sacchetto ricamato. Dentro, c'era un sassolino bianco sul quale aveva scritto con la china il mio nuovo nome.

In quel momento sono diventata Maria, come tutte noi qui dentro, e Benedetta, perché avevo ricevuto la benedizione del Signore. Una benedizione che si allargava come un cerchio d'acqua su ogni scelta che mi aveva portato fino a lì.

Leggere il mio nuovo nome è stata una rivelazione, ogni cosa si è riempita di senso.

Quel nome mi ha dato forza. L'ho accolto con commozione e con sollievo. Perché in ogni passo ora potevo vedere nitidamente la mano del Signore che mi proteggeva e non mi giudicava.

Quando avevo chiuso la lettera a Costanza l'unico rumore che potevo udire era quello del mio respiro, lento e ritmato.

Lei mi rispose dopo pochi giorni. Alla monaca che mi consegnò la busta non sfuggì il piccolo tremore delle mie mani mentre la prendevo.

La aprii non appena riuscii a tornare nella mia cella. Ormai vivevo all'interno del monastero, la mia finestra si affacciava direttamente sul molo al quale attraccavano le barche.

Il battito accelerò, mentre estraevo il foglio con la grafia ordinata della mia amica. In poche righe, mi diceva che avrebbe voluto scrivermi tante volte, in quegli anni, senza mai riuscirci, e che la mia lettera l'aveva sollevata, perché capiva che non le portavo rancore. Al lavoro non aveva fatto alcun cenno, ma mi preannunciava una novità importante, che mi avrebbe raccontato di persona.

Sapere che l'avrei rivista mi riempì di gioia. Aprii la finestra in un impeto di felicità, per far entrare l'aria fresca e far evaporare le mie emozioni.

Il giorno dei voti definitivi arrivò e mi portò Costanza, bella e risoluta come l'avevo conosciuta.

«Sei diversa» mi disse toccandomi con circospezione uno zigomo, temendo di aver oltrepassato il confine del pudore. Ma io presi quella mano e ci appoggiai la guancia.

«Anche tu» risposi baciandole le dita.

«Devo dirti una cosa» ritirò la mano per frugare dentro la borsetta. Estrasse il portafogli da cui sfilò una fotografia.

C'era una bambina, avrà avuto quattro o cinque anni. Stringeva una bambola con piglio imperioso, come se ne rivendicasse la proprietà di fronte al mondo. Nei tratti riconobbi la sindrome di Down.

Guardai Costanza con aria interrogativa.

«Si chiama Greta, ce l'ho in affido. Ma spero di riuscire a adottarla presto. Sai, i bambini con problemi di salute non sono mai primi nella lista, nella scelta delle coppie. Così, anche se sono sola, il magistrato del tribunale per i minorenni me l'ha affidata. Ormai è passato un anno, da quando è con me.»

«E con il lavoro come fai?»

«Ho cambiato redazione, adesso ho i weekend liberi, e di giorno riesco a organizzarmi il tempo. Il direttore non ci credeva, quando gliel'ho chiesto. Poi vediamo, posso sempre rimettermi in pista più avanti.»

Il gioco di specchi con il quale eravamo cresciute insieme, come amiche e come giornaliste, ci aveva rimesso una di fronte all'altra, per misurare i reciproci cambiamenti.

Posai di nuovo lo sguardo sul volto di Greta, la sua bambina, e poi guardai lei, le piccole rughe che si allargavano a ventaglio intorno agli occhi, le guance più morbide, il sorriso pieno. Avrei potuto descrivere me allo stesso modo.

«Costanza, anche io devo dirti una cosa.»

«Cosa? Dimmi» mi incoraggiò riprendendo la foto che le stavo porgendo.

E ho cominciato a parlarle di te.

L'offerta

Trovò parcheggio quasi di fronte alla porta a vetri della radio, con il logo blu che troneggiava sull'ingresso. Nella guardiola lasciò il documento e disse che aveva un appuntamento con il direttore. Il portiere lo squadrò, cercando di capire chi fosse, se uno stagista o un ascoltatore fortunato che aveva ottenuto il privilegio di una visita guidata; per certo non un artista, con quella faccia emaciata e l'abito formale.

«Deve andare al quinto piano» gli disse dandogli il badge.

Luca premette il pulsante e salì, deglutendo l'agitazione.

«Il suo messaggio mi ha sorpreso, non me lo aspettavo» esordì quando fu seduto nel grande studio con vista montagne, una scrivania immensa con decine di matite che riempivano tazze da tè bianche e nere.

Peroni era andato ad accoglierlo sulla porta, facendolo accomodare su una poltrona iconica di pelle rossa.

«Ancora il lei? Non ci davamo del tu?» lo redarguì con allegria.

«Va bene, grazie» gli rispose sbottonandosi la giacca.

«Arrivi dalla redazione?»

«Veramente no, sono in ferie. Ero sul lago, sto lavorando a un podcast.»

«Maddai, bello! Quale lago?»

«Il lago d'Orta.»

«Cosa c'è lì?»

«Un monastero. Voglio raccontare come vivono le monache di clausura. È una cosa che mi incuriosiva.»

«Figo. Come ti è venuto in mente?»

Aspettò qualche secondo.

«Se non me lo vuoi dire non preoccuparti, non è un interrogatorio. E soprattutto non è per questo che ti ho chiamato.»

«No, no, ci mancherebbe» gli rispose di getto, sporgendosi in avanti. «Credo solo che in questo momento ci sia bisogno di silenzio più di quanto immaginiamo. Corriamo sempre tutti. Mi incuriosiva raccontare chi ha scelto di vivere lontano dai rumori del mondo. Penso che potrebbe interessare a tante persone.»

«Giusto, buona idea.»

I convenevoli finirono lì, il direttore aveva fretta di fargli la proposta.

«Intanto complimenti per l'intervista alla premier. Me la sono ascoltata con attenzione. Si capisce che hai una voce fresca, curiosa, c'è del talento. Ma quanti anni hai, scusa?»

«Ne compio ventiquattro tra un mese.»

«Ne dimostri di meno. Sei un ragazzo, comunque. Ma hai la stoffa. E non lo dico per lusingarti.»

«Grazie.»

«La faccio breve, Luca. Voglio dare un taglio diverso al settore delle news. Come sai non sono preponderanti nella nostra radio. Me le immagino più... croccanti, magari anche con uno spazio di approfondimento sui fatti della settimana o del giorno, forse un podcast, questo è da valutare.»

«E io come ti posso aiutare?»

«Tu saresti il responsabile» buttò lì, godendosi la sua faccia sorpresa, gli occhi sgranati, le labbra socchiuse per prendere fiato. «È una cosa tutta da costruire, mi aspetto un bel progetto, che mi convinca a non aver fatto male a chiederlo a te!»

Luca era rimasto di sasso. Pur avendo viaggiato con la fantasia mentre guidava da Orta San Giulio a Milano, non aveva osato tanto. Si immaginava che gli proponesse di passare alla sua radio, ma non con un incarico così importante.

«Sei rimasto senza parole?» scherzò Peroni.

«Beh, in effetti... Un po' sì.»

«Non mi devi rispondere subito, però voglio che mi dici qualcosa nel giro di una settimana.»

«Mi hai colto di sorpresa, ma questo lo avrai già capito» ammise guardandosi intorno, come a cercare un appiglio tra le foto dei cantanti famosi.

«Sì, e mi sono divertito molto a guardare la tua reazione. Allora pensaci e ci risentiamo quando vuoi» replicò alzandosi in piedi e accompagnandolo alla porta.

Luca uscì frastornato.

Il portiere gli restituì il documento, ma osservando la sua faccia confusa non trovò nuovi indizi per scoprire chi fosse.

Guardò l'orologio, se si sbrigava faceva in tempo per pranzare con Manlio. Da corso Sempione a Cologno Monzese ci voleva circa mezz'ora.

Trovò parcheggio in fretta, pareva la sua giornata fortunata. E questo pensiero lo fece sorridere per la prima volta, lasciandogli assaporare il gusto della proposta che aveva appena ricevuto.

Salì in redazione senza aspettare l'ascensore e quasi si scontrò con Manlio e Sara che stavano uscendo.

«E tu che ci fai qui?» gli chiesero.

Lui riprese fiato.

«Cercavo voi!»

«Ma non eri nelle Langhe?» lo incalzò Manlio.

Luca aggrottò le sopracciglia. Per un attimo aveva dimenticato l'alibi che aveva usato con lui. «Ah sì certo, tutto bene. Però è successa una cosa e ho bisogno di parlarne con qualcuno.»

«Stavamo giusto andando a mangiare un boccone. Vieni, dai!»

Aspettarono l'ascensore. Sara si tolse la giacca, restando con una canottiera blu scollata sopra un paio di pantaloni in tinta sbrilluccicanti.

«In redazione sembra di stare al Polo Nord con l'aria condizionata a palla» si giustificò, notando che Luca la stava osservando.

Raggiunsero in pochi minuti il solito ristorante, e quando furono seduti ed ebbero ordinato, lui si guardò intorno e abbassò la voce, mentre quelli lo fissavano sempre più incuriositi.

«Questa cosa deve restare qui, è super riservata.»

Manlio si girò verso Sara, che ricambiò l'occhiata prima di volgersi verso Luca. «Ovvio» gli disse.

E lui vuotò il sacco.

«Ma che figata! E devi anche pensarci?» fu il primo commento di Manlio, che nella foga rovesciò la caraffa dell'acqua. Sara lo salvò dall'allagamento con una mossa rapida.

«No, non credo, non lo so... È che non me l'aspettavo proprio. Non adesso, poi.»

«Se non ora, quando, Luca? Fammi capire» insistette il collega.

«Manlio stai calmo! Se sapevo che mi facevi il terzo grado non te lo raccontavo.»

«Io non ti capisco. Ti rendi conto di cosa ti ha offerto? Facciamo così, vado io al posto tuo, va bene?»

«Scemo.»

Sara era rimasta in silenzio tutto il tempo. Poi gli chiese: «Pensare di farlo ti rende felice? Soltanto l'idea, dico, ti emoziona?».

Luca non disse nulla, ma un sorriso gli sbocciò sulle labbra. Il secondo della giornata.

«Almeno brindiamo, no?» si intromise Manlio.

«Ma se non ho ancora accettato!»

«E noi adesso brindiamo alla proposta!»

«Ok, brindiamo alla proposta.»

Chiesero al cameriere di portare una bottiglia di Prosecco. E poi, sollevando i flûte, festeggiarono l'amico.

«Riparti subito?» gli domandò Sara, la più pragmatica del trio.

«Non credo, ho bisogno di fare delle cose qua.»

In realtà Luca non aveva niente da fare, ma sentiva il bisogno di ritrovare i suoi spazi, la sua casa, l'ordine rassicurante delle sue cose.

Fecero un ultimo giro di bollicine, poi si salutarono.

Sara, abbracciandolo, gli disse che era felice per lui. «È una cosa bella, questa» gli soffiò all'orecchio.

Luca sentì un brivido.

Guidò con la radio accesa, senza sentire nulla, la mente altrove.

Non sapeva con chi parlare. Non dell'offerta di lavoro, di sua madre.

Quando arrivò di nuovo davanti all'Arco della Pace, l'immagine di Susanna gli arrivò come diretta conseguenza. E imboccò la strada per il tribunale.

Giulia

Sei nato un mattino di luce candida, presagio del futuro luminoso al quale ti stavo affidando. Hai rispettato la mia scelta, i miei orari, la mia vita.

La campanella che apre la giornata in monastero aveva suonato alle 4.20 e tu hai aspettato quel momento per farmi capire che eri pronto per venire al mondo.

Ho chiamato subito la badessa. «Ci siamo» le ho detto. Lei si è fatta il segno della croce e ha avvertito il cappellano: è stato lui a trasportarmi con la barca a Orta San Giulio e da lì, in macchina, all'ospedale di Borgomanero. Con le mani sgranavo il rosario di suor Maria Angelica. «Ora ti serve più che mai» mi aveva detto quando ormai tutta la comunità di sorelle sapeva.

Il giorno in cui avevo detto alla badessa che pensavo di essere incinta lei mi aveva chiesto cosa intendessi fare. Voleva che vedessi limpidamente i miei desideri in fondo alla confusione. La chiamata alla maternità in quel momento cambiava le mie aspettative.

«Non sei più libera, questo figlio ridefinisce le priorità» mi aveva detto guardandomi dritto negli occhi. Eravamo in giardino, sedute su una panchina sotto la quercia. Il mio sguardo si allungava sulle vette del Mottarone e del Cusio, per ritrovare la calma. Dentro di me si agitava la tempesta.

«Non so se la mia vocazione è quella di essere madre» le avevo risposto in un soffio. «L'idea di un figlio non mi aveva mai sfiorato.»

La badessa si era accarezzata la croce sul petto: in bassorilievo sporgeva la scritta ECCE MATER TUA. *Era rimasta pensierosa.*

«Ma questa idea ti rende felice? Sentire la vita che cresce dentro di te cambia la tua prospettiva?» mi aveva incalzata, avvicinandosi ancora di più. Era difficile sfuggire alle sue domande. Del resto, non potevo sfuggire a me stessa.

«Ne sento la responsabilità» avevo ammesso abbassando gli occhi.

«E io sento solo doveri, nelle tue parole. Ma dov'è la gioia, Giulia? Tu vuoi essere madre?»

Continuavo a tergiversare e ad aggirare le sue richieste dirette. Le avevo risposto seguendo il mio senso del dovere e il mio senso di colpa: quale donna rinunciava al proprio figlio? Solo pensarlo mi faceva sentire un mostro.

«Non farei mai nulla per impedire a questo bambino di nascere» avevo aggiunto di getto, stringendomi addosso la felpa di pile che nascondeva il mio accenno di pancia, la pelle mai così luminosa.

«Ti sto chiedendo un'altra cosa e tu continui a non rispondere. Sai bene che la prima responsabilità l'abbiamo verso noi stessi.»

Ma come potevo confessarle quanto fossi disorientata?

«Non voglio essere egoista.»

«Allora prega. Non posso dirti altro» aveva concluso alzandosi in piedi. E mi aveva lasciata lì da sola, con i miei pensieri e la percezione netta di te dentro di me, un lampo di gioia nella confusione, la consapevolezza di una benedizione sotto l'ombra della malinconia.

E allora pregai, nei mesi che seguirono. Sgranavo le perle calde del mio rosario blu in ogni momento della giornata. Talvolta le Ave Maria si sovrapponevano al volto di tuo padre, flashback di momenti felici, come quando durante un'escursione nell'Alpe di Siusi aveva estratto dallo zaino da trekking i panini che a colazione avevamo imbottito di formaggio e di speck, e come un prestigiatore aveva fatto comparire una bottiglietta di Champagne con due flûte di plastica dura per festeggiare il nostro primo anno insieme.

Ti sentivo crescere e rivedevo Renzo, le dita lunghe, lo sguardo ironico, la velocità con la quale infilava le sue cose nella borsa prima di partire per un servizio, il bacio che mi lanciava con la mano quando arrivava al piano terra e sollevava la testa verso di me che lo guardavo affacciata alla ringhiera.

Rivedevo la stanchezza degli ultimi anni, l'amore che si era trasformato in affetto, i sentimenti dilatati dal tempo e dalle occasioni mancate.

Nella tua presenza percepivo un senso di continuità, il miracolo della vita che si rinnova, la prova che niente finisce mai per davvero. Ma se tuo padre fosse stato ancora vivo, la notizia della tua esistenza ci avrebbe riavvicinati per i motivi sbagliati.

Non amavo più Renzo.

Nella cella, dove trascorrevo tutto il tempo libero, ritagliavo momenti in riflessione e contemplazione. Mi inginocchiavo su una stuoia e chiedevo a Dio di indicarmi la strada, di mostrarmi Lui cosa dovevo fare.

In cappella mi sedevo sempre nel solito banco, il secondo a sinistra, con il mio nome scritto a mano su una targhetta di cartoncino appoggiata sul legno di faggio, «Giulia» in corsivo blu, con l'iniziale rossa. Un nome che mi apparteneva sempre meno: rappresentava ciò che ero stata e che non volevo più essere. Nonostante te.

Finché una mattina, mentre smistavo la posta, mi hai tirato un calcio. Netto, preciso. Ero entrata nell'ottavo mese, la mia pancia mi anticipava ovunque andassi. Non dormivo più nella camera sopra la cappella, mi avevano assegnato una cella che mi risparmiava almeno le ultime due rampe di scale.

Il tuo colpo mi ha lasciato senza fiato e ho dovuto posare le buste che avevo ancora tra le mani, per toccarmi nel punto in cui avevi scalciato. Già altre volte ti avevo sentito muovere, ma quella botta secca non mi dava l'idea che stessi cercando la posizione più comoda nella tua culla di liquido amniotico. No, tu mi stavi sfidando. Volevi che decidessi, mi stavi chiedendo di scegliere.

Quel giorno parlai di nuovo con la badessa e lei mi fissò un colloquio con Nicoletta, un'oblata che aveva fatto la promessa di seguire le regole del monastero nella vita quotidiana, pur restando laica. Faceva l'avvocato.

Era arrivato il momento di prepararmi a quello che sarebbe successo.

«Puoi partorire in anonimato» mi spiegò nel suo tailleur marrone che le nascondeva le forme. Accanto alla fede al dito le brillava un rosario d'oro.

«Dopo il parto i tuoi dati verranno sigillati in una busta. L'ospedale allerterà i servizi sociali e tu avrai dieci giorni di tempo per cambiare idea.» Questo lo disse due volte, per sincerarsi che non potessi dimenticarlo, perché in fondo nemmeno lei comprendeva la mia decisione e sperava che ci ripensassi.

Se fossi rimasta sul piano terreno, se avessi ridotto tutto a una riflessione razionale, non mi sarei mai potuta assolvere, perché nessuno avrebbe potuto darmi certezze sul tuo futuro e sul mio.

Ma avevo trovato il mio posto. E sentivo, ne ero sicura, che anche tu avresti trovato il tuo. In quell'atto di fede così irrazionale, mi sentivo come Abramo che immola il figlio al Signore e viene fermato proprio quando sta per uccidere Isacco.

Eri destinato alla vita. E sarebbe stata luminosa.

La scatola

Il barcaiolo lo riconobbe e gli chiese se avesse dimenticato qualcosa.

«Sì, in effetti» gli rispose Luca restando vago. «Non posso andare via finché non la trovo.»

«Il tempo è bellissimo. Ogni tanto, quando le giornate sono ancora lunghe, ci vengo la sera per fare due passi nel silenzio.»

Lui non commentò.

Erano quasi le tre del pomeriggio quando rimise piede sull'isola. Le monache stavano per riunirsi in preghiera.

Ripeté mentalmente il discorso che si era preparato. Adesso doveva chiederglielo, non poteva più tergiversare. In fondo era andato lì per quello. Doveva fare una domanda diretta: sei mia madre? pam! senza lasciarle il tempo di imbastire una scusa. E se anche avesse sbagliato tutto, lei non era forse chiamata, per statuto, a essere misericordiosa? Non fa parte del voto delle monache, obbedienza, carità, cos'altro? Di sicuro c'erano anche la pietà e la compassione, nel regolamento monacale. Era una donna di chiesa, tutte quelle storie del Vangelo dovevano valere pure per lei.

Certo, se si fosse sbagliato, la botta sarebbe stata forte. Ma per fortuna non poteva permettersi di abbattersi troppo. C'era la proposta del direttore a cui pensare.

Aspettò fuori dalla portineria, avrebbe chiesto subito un colloquio con la badessa, non avrebbe atteso un minuto di più.

Suor Maria Paola gli aprì dal suo gabbiotto e lo accolse con un sorriso. Non sembrò sorpresa di vederlo.

«Ciao Luca, sei tornato.»

«Sì, ho avuto un imprevisto, lo avevo scritto alla badessa. Le chiavi le avevo lasciate nella cassettina qui fuori, le ha trovate?»

«Sì grazie.»

«Vorrei parlare con madre Maria Benedetta, può dirle che sono qui?»

La monaca lo guardò sorpresa.

«Non vi eravate sentiti per mail?»

«Sì, cioè no, io le ho scritto ma lei non mi ha risposto, non mi è arrivato nulla. Perché?»

«La badessa non è qui.»

A Luca girò la testa.

«Come, non è qui?»

«Ci sono delle missioni da compiere. E la badessa ne aveva una. È partita questa mattina.»

«E la clausura?»

«Questa non è una prigione! Abbiamo delle altre comunità collegate alla nostra. Madre Maria Benedetta aveva già pianificato il viaggio, prima che tu arrivassi.»

«Ma io sono dovuto partire all'improvviso. Sa già quando torna?»

«Quando avrà esaurito il suo compito.»

«Sono confuso. Non mi aveva detto nulla...»

«Forse pensava di farlo a voce, ma non ne avete avuto il tempo. Però ti ha lasciato una cosa.»

Aprì uno sportello e ne estrasse una scatola di legno, di quelle che si usano per le confezioni regalo di certe bottiglie di vino. Il nome del produttore era inciso sopra il coperchio, forse il dono di un familiare delle monache, di un oblato o di un pellegrino.

«Ecco, questa è per te.»

Luca restò impalato, con il contenitore tra le mani.

«Ti fermi con noi stanotte o riparti subito? Nel caso ci organizziamo, la tua stanza è ancora libera.»

«No, no, grazie» balbettò. «Aspetto ancora un poco e poi vado via. Magari prima faccio un salto in cappella, posso?»

«Certo, vai pure. E se non ci rivediamo, allora a presto. Ti saluto io la badessa.»

«Sì, a presto.»

Uscì, ma non salì in cappella. Rimase immobile davanti al pozzo in mezzo allo slargo, stringendo tra le braccia il cofanetto di legno.

Non sapeva dove andare. Avanzò verso la casa del barone di Rodari, si infilò nell'accesso laterale che portava al lago. Si sedette sui sassolini levigati dall'acqua. Fece un respiro profondo e aprì la scatola.

Dentro, trovò un orologio da uomo, con la cassa in acciaio. Se lo rigirò tra le mani, senza capire.

Poi estrasse dei fogli, scritti a mano, in una grafia minuta, ordinata.

Sul primo, cominciò a leggere: "La grande opportunità della mia carriera me la diede l'attentato al papa".

Giulia

Ho capito come hai fatto a trovarmi quando mi hai parlato di tua sorella magistrata. Ti deve amare molto, se ha messo a rischio la sua carriera, la professione che ha conquistato, per farti arrivare da me prima ancora che io potessi oppormi. La giurisprudenza ha riconosciuto il diritto alle origini per i figli adottivi, ma il primo diritto resta quello della madre a non svelare la sua identità. E non deve averti fatto piacere, se hai voluto scavalcarlo.

Ma è stata solo la tua determinazione a farti arrivare da me, a trovare la mia intervista che nella versione online avevo chiesto a Costanza di oscurare, per evitare attenzioni morbose dopo l'uscita del cartaceo.

Capisco la tua urgenza, la tenacia che ti ha portato fino a qui era la mia da ragazza. L'ho riconosciuta nei tuoi occhi verdi inquieti, arrabbiati, nella pantomima di un podcast che non vedrà mai la luce, perché non sei venuto da me per sapere quante volte al giorno pregano le monache di clausura, come e quando lavorano, se si pentono di aver scelto l'isolamento dal mondo e se si sentono ancora tentate dalla vita fuori.

Tu volevi sapere perché ti ho «abbandonato».

È un verbo duro, nel quale non mi sono mai riconosciuta.

Ti ho affidato all'ospedale come atto d'amore. E non puoi immaginare quanto mi sia emozionata quando hai detto che i tuoi genitori ti hanno raccontato del tuo arrivo nella loro famiglia come «un gesto d'amore».

Ti ho partorito con dolore e ho fatto di quel dolore una preghiera. Ho pregato per tutto il travaglio, ho pregato quando mi è mancato il fiato, ho pregato quando ti hanno tagliato il cordone ombelicale e ho pregato quando ti hanno portato via, consapevole che non ti avrei più rivisto.

La fede mi ha aiutata ad avere fede.

Ogni volta che sono uscita dall'abbazia per le elezioni, per andare da un medico, per dare supporto a un altro monastero collegato al nostro, ho cercato i tuoi lineamenti in ogni bambino che incontravo. In quelle occasioni pregavo che fossi felice, che crescessi nutrito d'amore, che non ti mancasse nulla. E, vedendoti, ne ho avuto conferma.

Non mi sono pentita. E spero che tu possa capirlo e rispettarlo. Ho scelto una vita di contemplazione. Quella alla quale mi sentivo chiamata.

Non sei stato rifiutato, per quanto sia difficile comprenderlo. E vorrei tanto che venire qui te lo abbia provato.

Se mi voltassi indietro e guardassi la donna che ero il giorno in cui ti ho partorito, le sussurrerei all'orecchio di avere fiducia, che il suo bambino non sarà mai solo.

Io ero con te, sempre. Forse non nel modo che avresti voluto tu. Ma alla tua salute, alla tua serenità, alla tua realizzazione ho dedicato la prima e l'ultima preghiera di ogni mio giorno: a Luca, luce nel mondo.

Epilogo

Novembre 2024

«Allora, sei pronto per le meritate vacanze?»

Luca con l'orecchio bloccava il telefonino sulla spalla, mentre con le mani frugava dentro lo zaino per cercare gli auricolari.

Era seduto davanti al gate, in attesa del volo dell'American Airlines che in tre ore l'avrebbe portato da Miami all'aeroporto JFK di New York. Andrea Peroni gli stava facendo i complimenti per l'ultima settimana di corrispondenze sulle elezioni presidenziali, ma gli AirPods non volevano saltare fuori. Alla fine abbandonò l'impresa, per concentrarsi sulle parole del direttore.

«Hai fatto un ottimo lavoro. Il tuo podcast in questi giorni è stato sempre ai primi posti nella classifica di Spotify. Contento?»

«Altroché! Almeno è valsa la fatica» gli rispose stendendo le gambe sopra il trolley. Aveva dormito tre ore per notte, nell'ultima settimana, ma si sentiva ancora carico di adrenalina.

«Sei riuscito a farci sentire lì con te, vedevamo le persone con i tuoi occhi. Hai saputo toccare i tasti giusti e hai anche visto le cose giuste: gli americani senza denti perché le cure costano troppo, i miliardari in gessato da gangster che sostengono Trump accanto ai netturbini con il gilet giallo. I tuoi racconti non avevano niente di meno dei reportage degli inviati dei quotidiani. Bravo Luca, avevi ragione a voler partire, hai fatto un ottimo lavoro.»

Ormai era un anno che lavorava nella sua radio. Aveva accettato la sfida che gli aveva lanciato con la determinazione di fare bene. La trasferta americana se l'era conquistata. Aveva dovuto insistere per farsi mandare, ma era forte dei risultati che aveva ottenuto il nuovo palinsesto delle news e anche del seguito che aveva cominciato ad avere sui social con il suo podcast.

«Fai solo New York?»

«Sì, sono pochi giorni. Domani mi raggiunge mia sorella.»

«Salutamela. Noi ci vediamo tra una settimana. Dove starete?»

«Al Village.»

«Bello. Buon viaggio.»

Si guardò intorno, allungandosi un poco sulla sedia, come per godersi meglio il suo traguardo.

Poi aprì WhatsApp e scrisse un messaggio a Susanna.

«Hai fatto i bagagli?»

Gli rispose quasi subito.

«Ancora no, mi ci applico stasera. Sai già dove lo incontreremo?»

Un bambino nel passeggino teneva con entrambe le mani una palla di peluche che al suo interno aveva un sonaglio. I genitori si erano appena accorti di aver sbagliato uscita e prima il padre, poi la madre, si erano alzati in piedi per recuperare le loro cose, i giornali, il biberon, la giacca di lui, il cappotto di lei, le valigie, neanche dovessero fare un trasloco. O magari lo stavano facendo. L'uomo, sulla quarantina, stava tranquillizzando la donna. *Keep calm*, abbiamo tempo.

Per meno di un minuto sembrarono essersi dimenticati del figlio. Ma Luca, che aveva assistito a tutta la scena, non lo perse mai di vista, gli occhi del piccolo si erano incollati ai suoi.

Quando la madre cominciò a spingere il passeggino, il bambino lanciò la palla nella direzione di Luca, producendo uno scampanellio delicato. Lui si alzò, la raccolse, e poi gli si avvicinò inginocchiandosi per restituirgliela. La donna lo ringraziò, il figlio gli sorrise complice.

Tornato al suo posto, Luca finì di scrivere il messaggio che aveva cominciato.

«Ho dato appuntamento a Marcus alla libreria Rizzoli.»

Ringraziamenti

Sono entrata per la prima volta nel monastero benedettino Mater Ecclesiae dell'Isola di San Giulio nel dicembre 2022, per scrivere un reportage per il «Corriere della Sera». Il seme che ha fatto germogliare questo romanzo è stato gettato durante quelle trentasei ore al freddo, scaldate dal calore della comunità religiosa.

Ma c'è un altro fatto che ha segnato la mia gestazione. Ed è la storia del piccolo Enea, il neonato lasciato nella Culla per la vita della clinica Mangiagalli di Milano ad aprile del 2023. In quei giorni ci fu un incredibile slancio solidale per rintracciare la madre e offrirle ogni aiuto economico per permetterle di occuparsi del figlio. Per quanto nate con le migliori intenzioni, le numerose profferte hanno tradito tutte il nostro sguardo su quell'«abbandono», come se non potesse esserci altro che l'indigenza, dietro la scelta consapevole di affidare il proprio figlio all'ospedale.

È così che ho cominciato a pensare a un'alternativa possibile. E spero tanto che la madre di Enea, ovunque si trovi oggi, viva la miglior vita immaginabile, sua soltanto, con la quale farà i conti lei, e non noi.

Il primo grazie per la storia che ho scritto va ad Aldo Cazzullo e a Fabio Cutri, che hanno incoraggiato la mia proposta di una trasferta nel monastero.

Un grazie grandissimo va alla comunità dell'abbazia Mater Ecclesiae dell'Isola di San Giulio e, in particolare, alla badessa, madre Maria Grazia Girolimetto, che non si è messa troppo in allarme quando le ho annunciato che avrei ambientato il mio nuovo romanzo proprio lì.

Grazie a Elisabetta Rosaspina, che ha prestato a Giulia Belgioioso un po' delle sue trasferte (e grazie perché è la giornalista più generosa che io conosca).

Grazie a Enrico Galletti, il vero *enfant prodige* del giornalismo radiofonico, al quale ho rubato un po' della sua carriera per cucirla su misura di Luca.

Grazie ad Andrea Lucatello, per tutte le dritte sul mondo radiofonico.

Grazie a Stefania Grassi, preziosissima nella ricerca d'archivio che mi ha permesso di ricordare i fatti di cronaca seguiti dalla mia protagonista.

Grazie a Ciro Cascone, Grazia Cesaro, Maria Carla Gatto e Marina Zelante, per tutto ciò che ruota attorno al tribunale per i minorenni e alle leggi che tutelano le donne e i bambini.

Grazie a Elisabetta Alliata e Simona De Franco, dell'ospedale di Borgomanero. E a Stefania Piloni, ginecologa a Milano.

Grazie a Elisa Colombo e ad Andrea Galli, per aver ispirato due immagini che compaiono nel libro.

Grazie in ordine sparso, per dritte, ricordi e scoop, a Davide Casati, Fabio Cavalera, Massimo Nava, Venanzio Postiglione e Livio Senigalliesi.

Grazie ad Amelia e alle amiche che aggiungono valore alla mia vita e la alleggeriscono ogni giorno.

Grazie a Michela Gallio e a tutta la squadra di Solferino, che si stringe affettuosamente intorno a me dopo ogni parto letterario.

Grazie, sempre, alla mia famiglia: mamma, Tiziana, Walter (con Antonello e Teresa). E a papà, lassù.

Note di chiusura

p. 27 *«Non è facile dire ... la meno utile.»*
Estratto da *Senso e bellezza della vita monastica* di madre Anna Maria Canopi (1931-2019), fondatrice e prima badessa dell'abbazia benedettina Mater Ecclesiae nell'Isola di San Giulio, https://rivistavocazioni.chiesacattolica.it/wp-content/uploads/2023/02/Senso-e-bellezza-della-vita-monastica.pdf.

p. 28 *«La vita monastica ... trovarla assurda.»*
Ibid.

p. 134 *«Che lui mi baci ... profumi.»*
Salomone 1, 2-3.

p. 135 *«Chiunque avrà ... la vita eterna.»*
Matteo 19, 29.

Indice

Questo libro è stampato fabbricato da Grafica Veneta S.p.A.
con un processo di stampa e rilegatura certificato 100% carbon neutral
in accordo con PAS 2060 BSI

Finito di stampare nel mese di febbraio 2025
per conto di RCS MediaGroup S.p.A.
da Grafica Veneta S.p.A., Via Malcanton 2, Trebaseleghe (PD)
Printed in Italy